問題兒童 自 世界？

暴虐的三頭龍

Tatsunokotarou
竜ノ湖太郎
illustration
天之有

Kadokawa Fantastic Novels

問題兒童都來自異世界？
contents
暴虐的三頭龍
序章 012
第一章 039
第二章 052
第三章 088

第四章 107
暫且離題 114
異鄉人的茶會 118
莉莉的大冒險～偉人說：「天下沒有白吃的午餐。」～ 145
暫且離題2 229
下集預告 236
後記 238

Character
各位問題兒童，請好好聽人家說話呀——！
召喚問題兒童們來此的罪魁禍首，「No Name」的賞玩用小動物。
黑兔
這個世界有趣嗎？
問題兒童之一
逆迴十六夜
恩賜名
「真相不明」
(Code Unknown)
哎呀，被稱為問題兒童真是讓人遺憾呢。
問題兒童之二
久遠飛鳥
恩賜名
「威光」
……主要負責戰鬥的是除了黑兔以外的我們。
問題兒童之三
春日部耀
恩賜名
「生命目錄」(Genom Tree)與「No Former」
為了讓「No Name」復活，我會好好努力。
共同體「No Name」的領導者
仁
謹遵命令，我的主人。
前任魔王，吸血鬼的純血種。現在是女僕！
蕾蒂西亞
該讓黑兔穿上什麼才好呢？
東區階層支配者，外表是和服蘿莉少女。
白夜叉

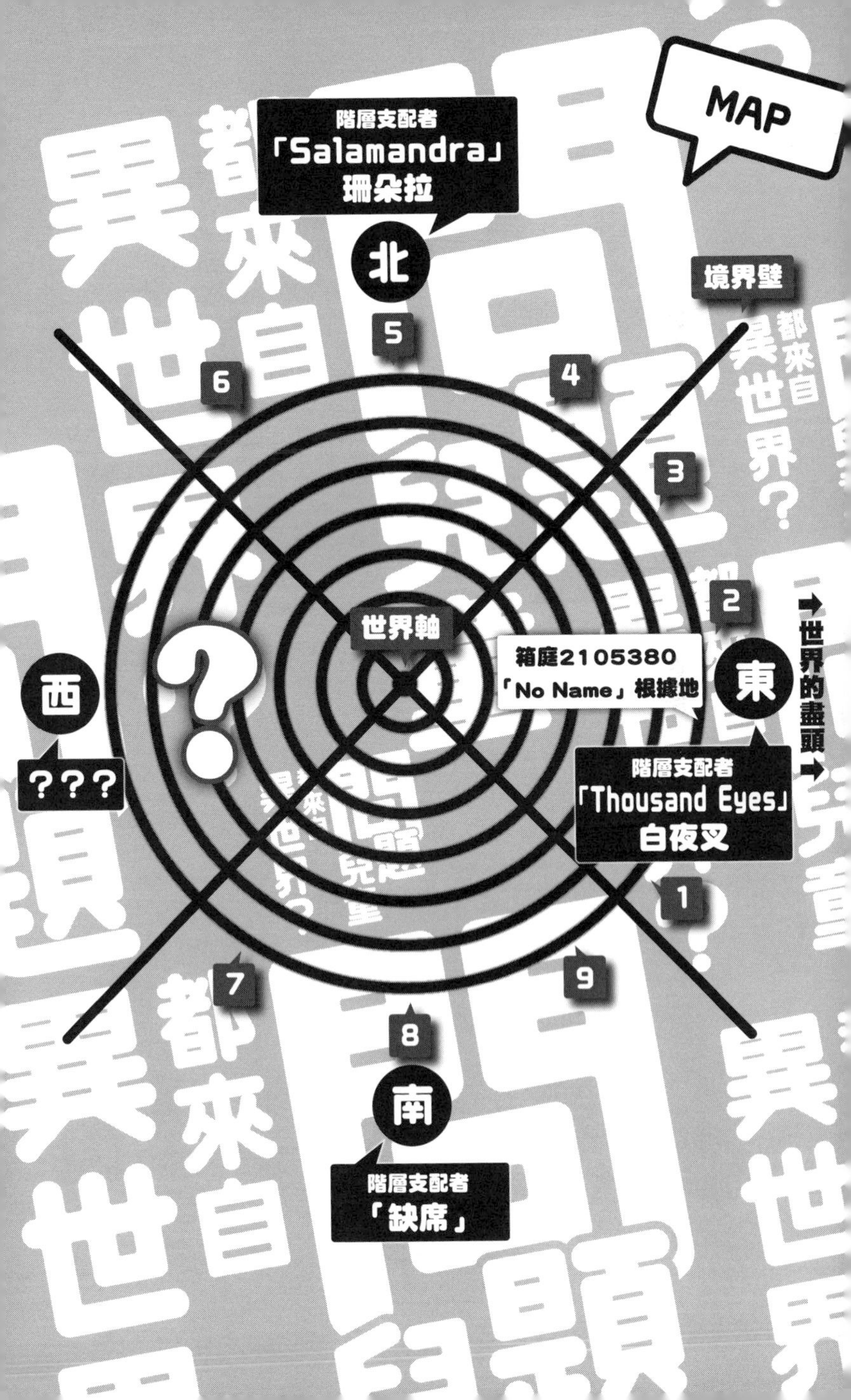
MAP
階層支配者
「Salamandra」
珊朵拉
北
境界壁
5
6
4
3
2
世界軸
箱庭2105380
「No Name」根據地
東
→世界的盡頭→
西
???
階層支配者
「Thousand Eyes」
白夜叉
1
7
9
8
南
階層支配者
「缺席」

——真想看看十六夜小弟穿制服的樣子啊。
女性看著櫻花的花蕾，同時憂鬱地喃喃說道。

序章

春光融融，散發出香甜芬芳的花朵一齊綻放的季節。

在從病房窗邊能看到的林蔭道上，盛開的櫻花宣布了新季節的到來。春天的第一陣風將花香送進了沾染上藥味的病房裡。

病床上躺著一個看起來很無聊的女性——金絲雀正以帶有憤恨的表情望著春意盎然的晴朗天氣，同時喃喃說道：

「……好閒！」

「乖乖忍耐，還有給我表現得更像個病人，金絲雀。」

站在旁邊的男性無奈地搖了搖頭。身穿燕尾服搭配圓頂硬禮帽的這個男子用右手壓住帽子，似乎頗受不了地嘆了口氣。

金絲雀不顧儀態地繼續把單邊手肘撐在房內配備的桌子上，望著走在林蔭道裡的親子。

「雖然你這麼說，克洛亞。但我……並不是病人吧？只是靈格本身損耗過度因此身體到達了極限而已。而且無論是怎樣都好，我已經沒救了。」

金絲雀並沒有感到悲觀，只是淡淡地傳達自己的現狀。於是頭戴圓頂硬禮帽的男子——「十字架男爵（克洛亞．巴隆）」放低視線保持沉默，這份沉默正是對金絲雀發言的肯定。

然而她並不是為了反諷才說這些話。

金絲雀望著在林蔭道上前進的親子，同時以沉浸在思緒裡的態度自言自語：

「已經快三月了嗎？要是按照往年的規矩，現在是CANARIA寄養之家準備歡迎新生的時期呢。正常情況下，明明預定是要由我以宴會主辦者的身分來招待大家才對。世事難以盡如人意啊……」

「這個嘛，也是看妳自己怎麼取決吧？就算靈格正在磨耗，但只要過著等同於一般人的人生，應該還可以活個四五年吧。妳現在應該要專心調養身體狀況，不是嗎？」

「我知道啦。」金絲雀賭氣般地回嘴。

——金絲雀是在距今約兩個月前病倒。向來無病無痛的她突然倒下，讓CANARIA寄養之家陷入了大混亂。畢竟是獨自一人籌措經營整個福利機構的當事者出了事，因此孩子們自然是不用說，還有機構的職員和她的朋友，甚至連十六夜都變了臉色和眾人一起吩咐她：

「給我閉嘴乖乖住院去。」

「不過啊～對機構的大家長講那種話未免太失禮了吧？什麼叫作『惡鬼也會得病』嘛。知不知道我以前降伏了多少鬼怪啊？真的是用上佛的手指來數也不夠呢。」

「……金絲雀，佛的手指不也是只有五根嗎？」

「傻瓜，我當然是指千手的手指啊。」

金絲雀「哼」了一聲並以雙手抱胸。雖然該吐嘈的部分不只剛剛那裡，然而金絲雀一旦鬧起彆扭，要安撫她可是極為困難的事情。

頭戴圓頂硬禮帽的男子很乾脆地抽手放棄，在照護者用的椅子上坐下。

「真是……雖然我不在現場所以也很難說什麼，然而要是看到妳毫無預兆地倒下，就算是我應該也會同樣感到動搖吧。這是無法從還在箱庭的妳聯想到的醜態。」

「這點大家彼此彼此，你還不是已經脆弱到不附身在人類身上就無法維持住靈格了嗎？過去襲擊許多共同體誘拐年幼少女，並試圖打造一大後宮的『十字架男爵』——『燕尾服魔王』居然是這副模樣，真是笑死人了。」

「哈哈，的確如此——不過呢，金絲雀。為了我的名譽，我必須訂正一點。」

拿下圓頂硬禮帽整理好燕尾服的「十字架男爵」用力瞪大了雙眼。

「我不是試圖建立由小女孩組成的後宮！而是『也』要建立小女孩後宮！」

「哦~是這樣啊。好，去死。」

「對愛神來說年齡差距沒有關係！我熱愛剛出生的嬰兒又溺愛迎接第一次成長期的少女肢體的輕微起伏還愛好迎接第二次成長期開始擁有女性自覺的青澀少女心和青春體型也很喜歡已

經成人宛如成熟果實般發育得嬌豔欲滴的女性肉體還有對於結婚後經歷歲月的熟女間的禁忌外遇之愛也能夠燃起熊熊熱情是個徹頭徹尾無可動搖完美無缺的愛神！」

「是嗎？快點去死。我不會叫你要痛苦而死，但總之快點去死。」

「我的人生無須羞愧！愛神的博愛萬歲！博愛主義萬歲！」

「……不過，最喜歡的還是小女孩吧？」

「我不否認！」

*

接受各式各樣完全無法形容、描寫的「說服」後，「十字架男爵」整理著破破爛爛的領帶並重新在椅子上坐下。

「失禮，看來似乎不小心稍微解放了一點靈格。」

「我倒是覺得你現在的性格也不對勁，那種講話方式沒辦法處理一下嗎？」

「這也沒辦法，靈格耗損過度所以會受到附身對象的人格影響。雖然這種人不合我的興趣，但我也只是單純重視作為媒介的優秀性。」

「十字架男爵」聳了聳肩，注意到時才發現他的服裝已經像是什麼都沒發生般地恢復原狀。

金絲雀喘著氣倒向病床，再度看了一眼櫻花。

接著她突然露出帶著自嘲的微笑。

「算了……這就是適合殘兵敗將的末路吧，不管是我還是你。」

她茫然地望著窗外，有氣無力地喃喃說道。如此軟弱的金絲雀很少見。

男子斜放圓頂硬禮帽，以像是在責備的尖銳視線瞪著金絲雀。

「哼……示什麼弱，我們不是還有最終武器嗎？名為逆廻十六夜的最終武器。為此，我們不是在外界持續準備了幾百年嗎？這也正是按照妳的指示。結果身為當事者的妳卻打算放棄戰鬥嗎，金絲雀？」

「這件事我明白，也擔心黑兔他們……不過啊，克洛亞。共同體的戰鬥雖然是我們的戰鬥，卻不是十六夜小弟的戰鬥。」

「……妳的意思是？」

「十字架男爵」的圓眼鏡後方出現險惡的光芒。雖然靈格的確銳減，但他仍舊擁有能看穿人心的賢神之眼。察覺到指責含意的金絲雀坐正姿勢，重新轉身面對他。

「逆廻十六夜——是被放逐到幾千萬歷史裡的我們『　　』的最後王牌。恐怕他是最強的原典(origin)候補者吧，即使是尚未完成的現在，也擁有不遜於大聖姊的器量格局。如果是那孩子，一定也可以阻止那些傢伙的野心。」

「那麼……」

序章

「不過啊，克洛亞。我們已經輸了，無可抗議徹徹底底，而且還是從正面敗北。如果還要繼續干涉箱庭，不覺得這樣太不乾脆嗎？」

睜開眼睛的金絲雀在床上隨性地張開雙手。「十字架男爵」原本在擔心她是不是因為壽命將近而變得自暴自棄，但現在只是繼續靜靜聆聽。

「當然，被逐出箱庭時我也滿心想要復仇，覺得怎麼能讓我們的夢想以這種形式結束！然而當我察覺到……讓那孩子來幫我們收拾殘局是不是找錯對象了呢？我突然就覺得，我們的挑戰——其實已經結束了。」

金絲雀以沉浸在回憶裡的眼神望著天花板。奮勇闖過的戰鬥生活現在已經遠去，甚至過於遙遠；從雙手中溢出落下的水滴再也不會回來。正是因為之前沒有理解到這一點——才會把一個原本應該很平凡的家庭拆散成四分五裂。

——逆迴十六夜並不知道。

其實他並不是被雙親捨棄。

而是嬰兒時期就被金絲雀擄走，匿名託付給兒童機構。

因為他們的失誤而獲得強大恩惠的無名嬰兒被世界的嫌隙所折磨，還被迫接受為自身的怪物性質擔負起質疑和孤獨的人生。

明明或許他——也擁有享受平凡幸福的權利。然而這個可能性卻正是被金絲雀他們所摘除。

拉著圓頂硬禮帽的他，也只對這一點感到內疚。

然而他壓抑住這份內疚，開口回問金絲雀：

「……所以，妳意思是不要繼續把他牽扯進來？這就是妳的贖罪嗎？」

如果金絲雀有這種誤解，那麼就必須矯正錯誤……他抱著這種強烈的決心譴責金絲雀。

如果真的不想把他牽扯進來，必須在十五年前就做出決斷。事到如今，只有金絲雀一個會因為訴了這些苦而得救。即使得知十五年來都以母親自居的女性的這番懺悔，也只會徒然造成對他的傷害吧。

很清楚這一點的金絲雀搖了搖頭，像是很困擾般地笑著否定。

「不，不是。抱歉，我講了些狡辯。這種說法太卑鄙了，聽起來就像是藉口。」

「既然如此又是為何？」

「十字架男爵」換成往前傾的姿勢，再次反問。

金絲雀眺望著窗外並為難地笑了。

「為什麼……嗎？真的，到底是為什麼呢？連我自己也弄不太清楚。雖然至今為止我收養了各式各樣的孩子，但明明我從來不曾對哪一個孩子投入如此深的感情啊。可是現在，我單純只是為那孩子的將來感到不安。無論他是要留在外界，還是要前往箱庭……我都為了十六夜小弟會變成什麼樣的大人而在意得無法自制。」

「傷腦筋啊～」金絲雀聳聳肩自嘲。

序章

然而實際上，金絲雀至少明白這份感情源自何處。

這十年間——金絲雀把一切都給了十六夜。

包括知識、生活方式、以及身為人的愛情。

她毫不吝惜地給出了在箱庭中獲得的所有財產，而就像是在回應她一般，十六夜也一直單純地承受至今。這種狀態與其說是親子，或許更接近師徒關係吧。

「……真沒出息，是因為知道死期才會感到各種不安嗎？雖然我也曾求教於許多神佛……但大家都是帶著這種不安心情送我離開師門嗎？」

「嗯，關於這點我同意。妳的庸才表現真的讓我和大聖、帝釋天、女王、俄爾甫斯（Orpheus）還有其他諸位都勞心費力，希望妳能感謝我們這些沒有放棄妳的偉大恩師。」

「嗚……這點……那個……我不否認啦。」

嘟起嘴的金絲雀臉上微微泛紅。

大概是回想起年輕時的不成熟而感到很不好意思吧。

「嗯哼！」金絲雀刻意咳了一聲後才看向「十字架男爵」。

「不過啊，我有時候忍不住會想。當十六夜小弟知道真相時……過去歡欣愉快的日子，是不是全都會變成對那孩子的詛咒呢？是不是會在他那率直成長的內心裡製造出扭曲呢？我——就是在害怕這一點。」

如果是這樣，那麼繼續不要告訴他真實，在外界安靜度日也是一種選擇。畢竟這世上存在著即使不知道也無所謂的真相。

然而箱庭裡有著他期望的一切。所以這條路也並非錯誤，只是這選擇同時也代表將會接觸到逆廻十六夜的根源。

「可惡！自己的一廂情願真讓人發火，老是在同樣地方一直重複繞圈。到底該怎麼做？自己又想怎麼做……我找不到答案。」

「……金絲雀。」

重複著沒有答案的問答。即使對於金絲雀來說，這也是從未經歷過的事態吧。

看到主人這副模樣的「十字架男爵」在內心為自己的不成熟而感到羞恥。

他是身為愛神同時也被稱頌為賢神的神靈，之前卻完全不理解共度悠久歲月的同伴究竟為何不安。對也身為養育之親的他來說，金絲雀就等於是女兒。對於她打算為了領養的小孩而捨去一切的行為，「十字架男爵」不由自主地感覺到命運的諷刺。正當他還在猶豫到底該對金絲雀說什麼才好時——突然，有個小小的人影隨著春風從窗口進入室內。

「……這是怎麼一回事。拚命四處尋找的友人居然變得如此脆弱，這種時候我到底該擺出什麼表情呢？」

猛然一驚的兩人望向窗邊。只見沿著櫻花樹細枝咚咚咚走向這邊，身穿紅紫色連身裙的小不點少女——「拉普拉斯小惡魔」正一臉不以為然地望著兩人。

表情因為驚訝扭曲的「十字架男爵」搖著頭並吸了口氣。

序章

「拉普子！怎麼可能！妳為什麼在外界？在拉普拉斯的理論被否定的時代裡，妳應該無法保有靈格吧！」

「因為時勢改變了，在二〇〇〇年代初期確認了巨大的『歷史轉換期(paradigm shift)』。也由於此事的影響，預測在今後兩百年以內，我們『拉普拉斯惡魔』將會改變型態並得以完成——不過比起這種事……」

咚咚咚……「拉普拉斯小惡魔」在半空中步行並踩進金絲雀的病床。走到金絲雀的膝蓋附近後，拉普子以悲傷的神色抬頭望著她。

「……好久不見了，金絲雀。」

「好久不見，拉普子。妳還是這麼小巧可愛呢，要吃梨子嗎？」

「那我就不客氣了。」

拉普子立刻回應金絲雀的開朗提議。

接著拉普子迅速地把切成巴掌大——對她來說是等身大的梨子吃了下去。金絲雀一邊覺得這模樣還是一如往常地可愛，同時露出微笑。

把嘴巴周遭擦乾淨的拉普子再度抬頭看向金絲雀。

「靈格的磨耗非常激烈，妳那種水準的靈格怎麼可能僅僅數百年就耗損至此……妳唱了吧？吟誦了改變世界的詩篇。」

「嗯，因為這是詩人的工作啊。」

聽見拉普子追究的尖銳口氣，金絲雀露出似乎頗為難的笑容。

明白這回答代表什麼的拉普子一臉辛酸地咬著嘴唇低下頭。

——箱庭的「詩人」並不是用來意指一般吟詩作對之人的詞語。

而是次於「巨人族」、「魔法師」之後，用來表示人類幻獸的名稱。雖然絕對不能算是強大的種族，然而詩人們卻擁有特別的力量，甚至令人畏懼到足以被視為第四種最強種。那就是能夠再度建構「主辦者權限」的遊戲規則——被稱為「遊戲重製（Game Remake）」的獨一無二恩賜。

自古以來，詩人的創作讓歷史在民間流傳。有時候以歌聲，有時候以書籍，藉由各式各樣的形式把世界的功績紀錄於此世，持續讓「時代」這種無形之物能獲得具體型態。

根據時代，詩人能擁有比一國之王更強大的影響力。

因為影響力強大的詩人有時會編造虛偽的功績來傳播王的惡名，甚至可以用自己的歌聲來扭曲真實的歷史。

在能夠遍及存在於所有時間流的箱庭中，沒有比這更誇張的優勢。對箱庭的詩人來說，連竄改歷史也是輕而易舉。

擁有巨大影響力的詩人，甚至能夠建立起獨自的神群。

「編寫出經典的聖人們在廣義上也是詩人的一種。他們藉由從箱庭去干涉外界的戰爭或政治等『歷史轉換期』，來擴大了神群的規模——不過，金絲雀。妳是拿自己的靈格作交換，在外界引發了轉換期吧？」

「嗯，至於做法是企業機密……只不過，發生了問題。我無法成為神群的核心，所以我沒有獲得神格，能繼續存在的時間也所剩無幾。」

「嗚！怎麼會這樣……！為什麼妳不去尋找能回到箱庭的方法？」

「因為我確定那樣只是白費力氣，畢竟現在的我們無法阻止那些傢伙。」

「可是！要是妳不在了，那麼聯盟……還有我們的夢想到底該前往何方！這是妳鼓吹我們才成立的聯盟吧！難道不是嗎！」

面對激動怒吼的拉普子，金絲雀靜靜地搖頭回應。

她小小的身體顫抖著，以彷彿混合了憤怒和悲傷的叫聲提出譴責。

許多共同體參加了由金絲雀他們建立的聯盟。聯盟之所以能夠團結穩固，有很大一部分要歸功於金絲雀的力量和品德。

若是失去了她，聯盟的解散也無可避免吧。好不容易在無限延伸的外界之海中找到的同志這出乎意料的背叛，讓拉普子實在無法抑制自己的情緒。

原本默默旁聽的「十字架男爵」這時按著圓頂硬禮帽介入了兩人之間。

「拉普子，不要那麼強烈責備她。為了對抗那些傢伙——『Ouroboros』，無論如何都需要原典候補者。」

「……？原典候補者？」

「嗯。而且我能夠確信，那孩子擁有成為我們繼承人的資格。並不是因為力量，而是其靈

魂。」

雖然說得如此肯定，然而金絲雀的臉色卻顯得黯淡。

她凝視著櫻花樹，並悲傷地把視線朝下。

「不過……我不想把自己的想法強壓在他身上。畢竟把那孩子的人生搞得亂七八糟的不是別人，正是我本人。所以至少，我想讓他能夠選擇今後。要在外界過著平穩的日常呢？還是要——扛起我們的夢想和『　　　』的未來呢？」

金絲雀講到這邊，以突然想到什麼的態度露出苦笑。

「……啊，不，對喔。即使被召喚到箱庭，也還有個選擇是按照十六夜小弟本身的想法過活呢。我完全忘了。」

「實在是太糊塗了～」金絲雀似乎很受不了自己般地笑了。

或許是因為察覺到這可能性讓她肩上的負擔減輕，金絲雀終於露出平常那種帶著俏皮的笑容並聳聳肩。

「總之，雖然很多事情都變得很沉重，但我的死亡是還要好一陣子才會發生的事情。到十六夜小弟——是了，到他迎接成人式為止，應該都可以輕鬆保命吧。」

「——嗯，不到五年，妳就會死。」

「真的可以嗎？妳對自己的人生已經沒有留戀了？」

「怎麼會有，妳知道我已經活了多久嗎？我自認至今為止，都為了不要留下遺憾而一路全力奔馳呢，什麼還來不及做完的事——」

自然是沒有。原本想要這樣說，但發言卻突然不自然地斷了。

金絲雀的視線緊盯著在窗外櫻花林蔭道下前進的學生。

看到還顯青澀的他們迎接新學年並前往學校，金絲雀為難地微笑。

「……是了，早知道會產生這種心情，應該要更徹底地扮演親子。還以為自己活到現在都沒有後悔，但是再這樣下去感覺會留下遺憾呢。」

「…………」

然而，不能有如此奢侈的要求。

金絲雀無法做出為了滿足自己而讓逆迴十六夜的時間被束縛長達三年的行徑。

人類的人生短暫得轉瞬即逝，怎麼能把這種短暫又有限的時間浪費在本人並不情願的社會制度上。更不用說如果只是基於「這樣才符合扮演親子時的形式美」的一廂情願理由就強迫對方接受自己的想法，真的完全是在自我滿足。

在病房受到沉重氣氛籠罩的情況下——

突然從醫院走廊傳來三人組的開朗說話聲。

「這邊這邊！十六哥！快點！」

「我知道啦。鈴華妳才該注意，別在醫院裡大吵大鬧。還有，焰你不要邊走路邊打電動。」

「還……還差一點，只要再兩回合我就能打敗魔王索瑪了……！」

很有活力地在走廊上砰砰奔跑，皮膚曬成褐色的少女，彩里鈴華

緊盯著攜帶型遊戲機的少年，西鄉焰。

還有監視年幼兩人的少年——逆迴十六夜已經接近病房。

「嗚！拉普子，過來這邊。」

「十字架男爵」把拉普子放在手上，如同煙霧般消失。

金絲雀也若無其事地坐正姿勢等待三人。在克制的敲門聲叩叩響起後，她以平常的態度回應：

「請進，門沒鎖。」

「是~——好了，十六哥也進來吧！」

「……我知道啦，反正你們先進去。」

「不要掙扎了，今天是來展示十六哥的正式服裝吧？所以你該先進去。」

三人組在病房門口大呼小叫地吵鬧著。這種情況有點罕見，天真爛漫的鈴華一個人到處喧嘩才符合平常的傾向。

更不用說是表現出猶豫態度的十六夜，這可是異常罕見的狀況。燃起惡作劇之心的金絲雀悄悄地溜下床，來到門前一口氣拉開病房的門——

＊

「——咦？」

出乎意料的是，打開門後大吃一驚的人反而是金絲雀。

鈴華和焰也同樣啞口無言。

十六夜擺出像吞了黃連般的表情瞪著金絲雀，尷尬地搔了搔頭。

「……嗯，看起來精神不錯嘛。」

他生硬地舉起右手打了聲招呼。平常那種讓人火大的笑容已不復見，現在的十六夜臉上浮現出彷彿惡作劇被逮到時的微妙表情。

楞楞地張著嘴呆站的金絲雀，和一臉尷尬苦悶的十六夜。

這兩個性質獨特的棘手人物居然沒有試圖掩飾反應，只是正面相對陷入沉默。只要是認識他們的人，應該都會懷疑到底發生了什麼事吧。

也難怪會這樣，因為今天的十六夜穿著和平常便服不同的服裝。

從頭到腳打量十六夜全身三次之後，金絲雀以感到不可思議的態度發問：

「……十六夜小弟，這身衣服是怎麼回事？看起來好像是學生的西裝式制服。」

「不是好像，如妳所見，這的確是西裝式制服。」

十六夜以自暴自棄般的態度哼了一聲。

深藍色的西裝外套和沒有綁緊的領帶，這是位於 CANARIA 寄養之家附近的升學學校制服吧？不是十六夜會無緣無故穿上的衣服。

金絲雀表現出更加反應不過來的態度張著嘴，凝視著十六夜不說話。

……遲鈍到這種地步的她真的很罕見。

焦躁到達頂點的十六夜搔著腦袋，依舊以尷尬的樣子憤憤說道：

「……什麼嘛。是妳說想看，我才不惜走了後門強行入學耶。妳該更高興，金絲雀。」

「——嗚！」

這極為笨拙的溫柔總算讓金絲雀理解了狀況。

明白逆迴十六夜他——只是為了達成自己的願望就進入高中就讀。

也明白在自己倒下時……僅僅透露過一次的喪氣話被真摯地記在了心裡。

遭受突發事態奇襲的金絲雀感覺到眼眶不由自主地有點溼潤，因此趕緊低頭。像這種程度的衝擊，在她漫長的生涯中也只碰過一次。

金絲雀用右手把頭髮往上撥，忍不住開口大喊：

「……投降了，啊啊真的只能投降！我家的孩子們真的太可愛了！現在即使要被指摘是溺愛小孩的父母，我也甘願接受！CANARIA 之家的孩子是全世界最可愛的小孩！」

金絲雀用力抱住三人並開始轉圈。

為了掩飾感慨到極點的心情，她強行緊緊摟住三人。要是沒有這樣做，她幾乎無法維持身為養母的威嚴。

十六夜一邊隨便金絲雀任意擺布，同時以不以為然的態度嘆了口氣。

「居然比平常還誇張。既然是病人，妳應該要更老實一點。」

「我才不要，因為你們真的很可愛啊！不管是十六夜小弟還是焰或鈴華，每一個每一個都很可愛。只要我還活著，就不會讓你們成為別人的新娘或新郎！」

「是啦是啦……」十六夜無奈地把臉轉開。

然而這時，同樣被耍得團團轉的鈴華和焰慌慌張張地放開了金絲雀。注意到病房裡時鐘的兩人扯著十六夜的袖子激動說道：

「哎呀！十六哥，現在不是做這些事的時候！入學典禮要遲到了！」

「鈴華，我們是開學典禮啦……所以，十六哥你也差不多該走了。」

「知道了。總之就是這樣，病人去老實躺下吧。」

十六夜這麼說著並把金絲雀拉開。

三人使出強硬態度阻止試圖跟去入學典禮的金絲雀，並走出病房。然而在十六夜打開房門準備離開時，他突然轉身面對金絲雀，以嚴肅的表情開口發問：

「……妳的身體真的沒有任何問題？」

「嗯。如你所見，很有活力啊。」

「是嗎？既然這樣就快點回去吧，因為那個家要是沒有妳，業務就會出現遲延。現在所有僱員大概都因為不習慣的工作而忙得焦頭爛額吧。」

「哎呀真沒出息，我只不過倒下短短一個月就變成那樣，這可不是辦法。等我出院後必須研討職員的再教育問題。」

金絲雀雙手抱胸，以俏皮的語氣回應調侃。

要是平常，兩人應該會發出輕快笑聲並就此道別吧，他們之間有著這種類似最佳公式化的相處模式。

然而今天的十六夜卻不同。他沒有改變那嚴肅的表情，而是目不轉睛地望著金絲雀，反覆沉吟像是在斟酌用詞，最後則以銳利的眼神……

「——發生了什麼事吧？」

如此斷言。

十六夜的聲調和眼神不允許否定也不允許肯定。確信化為箭矢貫穿金絲雀，眼光中蘊含了即使只是被他直視彷彿就會讓人嚇得無法動彈的銳利。

然而金絲雀別說是嚇到不敢動，她根本連臉色都毫無改變，輕鬆地閃過十六夜的疑問。

「這個嘛……答案太多所以我不知道你是指什麼。雖然我抱持著不說謊的主義，不過瞞著別人的事情倒是堆得像山一樣高……嘻嘻，如果想要揭發我的祕密，你還必須再嘗試多一點手段。」

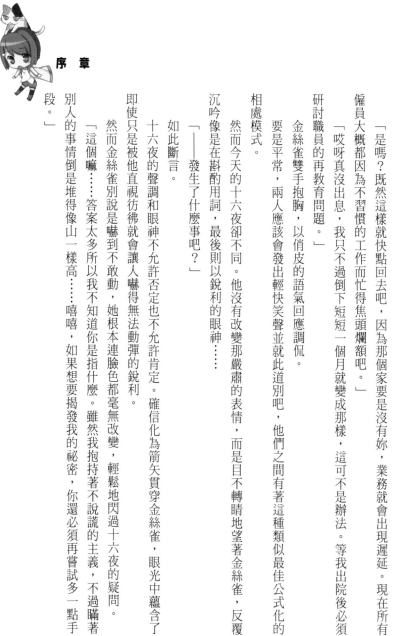

金絲雀把食指放在嘴上，以大膽無畏的笑容搖了搖頭。這甚至讓人感覺到包容力的笑容實在非常不像是出自於一個病人，也完全沒有透露出絲毫不安，彷彿是把她的品德直接具體化並形成一堵銅牆鐵壁，不允許任何試圖提及這件事的行動。

以笑容來掩飾真正的心思。這是金絲雀的基本戰術，而且比擺撲克臉更惡劣數倍，十六夜從來不曾成功擊破這個笑容。如果是平常的十六夜，他應該會立刻放棄並瀟脫地離開現場。

然而偏偏只有今天，十六夜並沒有退縮。

他原本繼續默默直視著金絲雀的雙眼，之後才像是說溜嘴般地開口擠出幾個字：

「……我一直都很開心。」

「……？」

突然的發言讓金絲雀不解地歪了歪頭。十六夜細細思量像是在選擇用詞，同時繼續凝視著金絲雀的雙眼。

他的眼眸深處浮現出淡淡的憂愁。

「我……覺得能認識妳真的是太好了。要是沒有遇到妳，我一定會去從事一些無聊行徑，也會擅自認定世界很無聊，最後成為一個無聊的傢伙……因為和妳相遇時，我就已經如此斷定。」

十六夜往前走了半步。

眼神透露出不同於往常的平靜。

而面對他的金絲雀眼裡也已經收起了笑意。

「不管是獲得新知識的喜悅，還是尋訪前人未到之地的樂趣，全都是妳教導我的事情。所以我認為能認識妳真的太好了，就算那次相遇——背後藏著什麼意圖也一樣。我和金絲雀妳是必定會相遇所以才相遇。」

沒有虛偽也沒有他意。

十六夜以蘊含著沉著和誠實的聲調如此宣言。

「…………」

雖然不需要多做說明，但十六夜他確實什麼都不知道。

無論是超越人智的力量來源，或是力量為何存在於他身上的理由，更不用說名為箱庭的異世界，十六夜一概不知。但是這個少年卻表示，就算自己年幼時承擔的孤獨，還有和連名字都不知道的家人之間的別離等等一切全都是金絲雀所策劃的陰謀——他也不在意。

即使這其中藏著什麼意圖、經過、或是野心，兩人相遇之後的日子也不會褪色。

對於逆迴十六夜來說，自己和金絲雀的邂逅正是命運……他以沉靜的眼神如此訴說。

「……嗚，傻瓜。這種溫柔，應該要為了哪天會遇見的哪個人好好保留。」

金絲雀總算勉強擠出這一句，轉身背對十六夜。她無法做出更進一步的應對，無論是想說出真相，還是要說明自己等人的目的，現在都不被允許。

然而金絲雀產生了一個直覺。

就是十六夜也隱隱約約察覺到……決定性的別離已經逐漸接近兩人。

然而無法直接說出這件事，只有沉重的寂靜造訪他們之間。

確認時間後，十六夜突然把視線移開，然後轉身背對病房。

「為了某個人保留……嗎？我倒是不覺得今後會有那種相遇的機會啦。」

「會有，必定會有。只有你的那份溫柔和高潔才能拯救的人們……一定會等待著和你相遇的命運。」

金絲雀從十六夜背後以肯定的發言如此訴說，只有這點她也能做出保證。

從今往後，十六夜將會拯救許多人，也會擊破許多難敵吧。無論身在哪個世界，他有時會藉由社會戰爭，有時則會靠著武力戰爭，一一去克服各式各樣的困難。

知道自己無法親眼見證到這些，讓金絲雀覺得有點寂寞。

然而為了那一天真正到來的那一刻，她繼續發言：

「只有你才能拯救的人們，只有你才能打倒的敵人，還有讓你必須憑藉萬千勇氣來挑戰的日子將會造訪……雖然現在你可能無法相信，但是以你為依靠，而你也能依靠他們的同伴一定會出現。」

金絲雀從十六夜背後以懇切的語氣如此訴說。

這已經是她能傳達出的最大限度情報。

十六夜沉默了一陣子，不久之後以笑容回應：

「哈！聽起來真不錯，我也很想試試依靠哪個人呢。」

十六夜在平常的輕薄笑容裡混著苦笑，暗示著他斷定「這種情況根本毫無可能」，然後離開了病房。金絲雀用力握住單邊手臂並把整個身體的重量靠向窗邊，目送著他的背影離去。被焰和鈴華拉著手離開的十六夜看起來就像是個隨處可見的學生。

望著這副光景的金絲雀在沒有其他人的病房中喃喃說了一句：

「一路順風，祝福你能過著美好的學生生活。」

三人的背影逐漸遠離。如果彼此是真正的母子——金絲雀起了無謂的念頭但立刻又予以否定，她告誡自己只有這點是絕對不該期望的事情。

「拉普子，克洛亞，你們在吧？」

「什麼事？」

病房的窗簾被春風吹動，「十字架男爵」和「拉普拉斯小惡魔」從窗簾後方出現。

兩人以複雜的表情凝視著金絲雀。即使是和金絲雀已有長年交情的兩人，也是第一次看到像剛剛那樣動搖的她。他們萬萬沒有想到金絲雀居然會在只認識幾年的少年面前展現出這種反應，因此對於處於親近立場的兩人來說，內心想必有難以言喻的感情吧。

金絲雀抬起臉，對著兩人說道：

「我死了之後……那孩子可以拜託你們嗎？」

「──我偏偏要拒絕。」

「喂。」

聽到最親愛的同志們如此冷淡回答，金絲雀不由得提高音量。兩人不高興地繼續把臉朝向旁邊，還以似乎覺得很不滿的態度雙手抱胸。

「不管妳說什麼我都不要，斷然拒絕。雖然我和妳關係匪淺，換句話說是摯友……不，是內心相通之友，不過還是有可以隨便答應跟不能答應的請求。」

「的確是這樣。這次我也絕對不會讓步，神靈有著自尊，主從也該講究禮儀。要是妳認為無論要求什麼我都會幫忙處理，那可是大錯特錯。」

「……嘴上這麼說，其實你們只是在嫉妒吧？」

「──這點我也不否認。」

兩人用力握拳。

金絲雀無力地垂下肩膀擠出笑容，並以右手把頭髮往上撥。

「……謝謝。不過這是我最後的任性，就拜託你們兩個了。」

金絲雀為難地笑了。她剛剛提到的最後，是的確符合字義的臨終託付。兩人雖然一開始就

不打算置之不理，但大概是多少想要擺出鬧彆扭的態度吧。

重重嘆氣的兩人一起重新面對金絲雀，用力點頭。

「真沒辦法。這是我的弟子，也是主人的懇求。我就賭上賢神之名，來達成最後的任務吧。」

「我等拉普拉斯發誓的對象，是針對金絲雀妳個人。我很樂意回應妳要求提供助力的期望……只是……」

拉普子的眼中突然發出光芒。凝視著窗外的視線確實符合掌管知識的觀測惡魔，甚至能讓人感覺到與年幼身體並不相稱的狡猾。

利用遠望之眼望向十六夜他們就讀學校的拉普子以帶著警戒心和焦躁的語氣發問：

「他是……什麼人？」

「……哦？連妳的千里眼也看不出來？」

「雖然遺憾但的確是那樣，我的千里眼無法捕捉那個人類的真實之姿。剛才他接近病房時也是，在直接用肉眼捕捉之前，我都無法掌握他的存在。雖然慌慌張張地在大惡魔的書庫(bank)內進行搜尋，卻連稍微沾到邊的線索都沒出現……這是異常事態。」

「唔唔～」拉普子嘟著嘴開始啃起梨子。她是職掌全知的惡魔，應該是認為世上不該存在著自己不明白的事物吧。

金絲雀則相反，就像是收到喜訊般地讓表情亮了起來。

「是嗎……嘻嘻，既然拉普子這麼說，代表第一階段已經過關了呢。」

金絲雀露出淘氣的笑容並以雙手抱胸。隔了許久才碰上的未知存在讓拉普子晃著連身裙，坐立不安地等待著解答。

「那孩子是『真相不明（Code Unknown）』……不，如果要勉強賦予這個存在一個名字——」

砰磅！金絲雀將病房的窗戶完全打開。

下一剎那，突然有一陣風吹室內。

春風把純白的窗簾吹成扇狀，飛舞的櫻色花瓣落到了床單上。以背面承接這陣風的金絲雀讓一頭金髮隨風飄揚，表現出遙想著未來的態度如此宣布：

「——就姑且稱呼為——『Last future of Embryo』吧♪」

第一章

在高大山峰的頂端，無記名的「契約文件」從天而降。

上面沒有記載遊戲的概要。

沒有寫明參加者的名字。

甚至連主辦者的宣誓也不存在。

寫在羊皮紙上的唯一內容，是「惡（Aksara）」之旗幟。

這份契約文件並沒有針對特定某人，也不是由哪個人編寫而成的東西。

以世界萬物為對象而撒下的契約並不需要這類要素。

這份契約自天地分裂那天開始就延續締結狀態至今，因此根本沒有必要刊載考驗的概要，畢竟居住在世上的一切存在都知道其內容。

——活火山吹來灼熱之風。

從地獄火爐現身，宣揚「不共戴天」的魔王。

被祈願「務必以惡自居」的怪物讓三對眼眸裡的六顆紅玉般的眼球散發出光芒，敲響了決戰的鐘聲。

「好了，放馬過來吧，久違數百年的英傑！

窮盡全力！

竭盡智謀！

耗盡蠻勇——試著化為貫穿吾胸的光輝之劍吧！」

「嗚！」

帶來死亡的鐮刀從距離側頭部只有幾公釐的地方掃過。

逆廻十六夜之所以能夠避開，恐怕是因為奇蹟，抑或是平日行善積了德吧。即使根據十六夜的標準，純白的凶爪也蘊藏著必殺的破壞力。

攻擊的餘波隨即把宮殿的殘骸一口氣炸飛並切開地面。

被撕裂的大地發出悲鳴並產生斷崖，形成的缺口甚至會讓人產生是否通往地獄的錯覺。從巨大山峰噴出的熔岩逐漸填滿了缺口，沸騰的大地表面正適合被稱為地獄的火爐。

（可惡！現在可不是看著回憶跑馬燈的時候啊！）

十六夜在內心大聲激勵著自己，死鬥已經開始了。

他利用餘波拉開了一段距離。使用勉強的姿勢跳躍的後果是加速了腹部的出血，血液甚至

湧上了喉嚨。

十六夜以膝跪地，並抬頭望著三頭龍魔王，因為對方的詭異身影而倒抽了一口含有血痰的氣。

（魔王阿吉．達卡哈……這就是真正的最強種嗎……！）

他用力握住已經重傷的手臂，顫慄於敵人的實力。因為如果十六夜的知識正確，這個敵人是基於真正意義該被定位於「魔王」的神靈。

——「拜火教（Zoroastrianism）」是使用善惡二元論來解明世界之理，擁有特異宇宙論（Cosmology）的神群一派。雖然在希伯來的舊約聖書和佛門中也存在著「魔王」這種地位，然而這隻三頭龍所屬的一派卻擁有比他們更加特異的靈格。

後者中敘述到的「魔王」是為了神群之敵對者所準備的位置，因此其根源是具備意志和目的的惡意。記載於聖書裡的神與惡魔的對立就是明顯的例子，因為神與惡魔的對立是以反體制、社會問題，還有人類擁有的劣性作為中心思想。

然而「拜火教」的魔王卻不是為了達成某個目的才從事惡行。

這份惡意的位置以及對目的的明確自覺，正是與後者那些魔王的決定性差異。

以三頭龍為首的「拜火教」魔王——是以「從事惡行」這件事本身作為目的而誕生，並大舉肆虐的魔王。

（和珮絲特、蛟魔王，還有魔王聯盟都不一樣。這傢伙不是因為有目的才墮落成魔王，根本不需要犯罪——這傢伙就以魔王身分君臨天下……！）

三對眼眸裡的六顆眼珠散發出猙獰的光輝。回想起來，十六夜從來不曾和完整的最強種戰鬥。

星靈阿爾格爾是在不完全的形式下受人驅使。

巨龍則陷入了失控狀態沒有知性。

對於逆迴十六夜來說，這是他第一次和最強種進行死鬥。

（怎麼辦！該怎麼戰鬥？右手已經作廢完全派不上用場，就算用左手去毆打對方也只會落得同樣下場……！）

身體已經因為和殿下的交手而瀕死，不只右手臂，全身每一處都在發出慘叫。十六夜流著血並以最高速度思索能到達勝利的最佳策略。

然而敵人可不會乖乖等待。

貫穿三頭龍頭蓋骨的椿柱發出了摩擦嘎吱聲。對方以如同紅玉般的不祥雙眼緊盯著十六夜，張開翅膀在半空中急速前進。

「——GYEEEEEEEEEYAAAAAAAAAAAAAAAAAAAAAAA
AAaaaaaaaaaaaaaaaaaaEEEEEEEEEEEEEYYAAAAAA

AAAAAAAAAAAAAAAAAAAAAAAAAAAAAAAAaaaaaaaaa！」

咆哮甚至把逐漸逼近的熔岩波濤給彈回。

即使從正面交手也沒有勝算。十六夜雖然感到屈辱，但還是背對三頭龍，以先前阿爾瑪特亞逃走的方角為頂點，並拔腿奔向對角線上的另一端。

「別瞧不起人啊！你這隻蜥蜴……！」

若是腳力可不會遜於對方。十六夜踏穿地面，朝著巨大山峰頂端一直線跑去。

他在隨時會沉進熔岩海中的立足點上四處跳躍，拉開和三頭龍的距離。雖然這是為了求勝的最佳策略，然而三頭龍卻露出嘲笑十六夜只是在耍小聰明的笑容並輕鬆予以破解。

「——切開吧！」他舉起右手發出命令。

下一剎那，十六夜的背後傳來激烈的疼痛，他遭受彷彿被人持刀從肩膀砍向腰部般的銳利斬擊。

「嘎……………！」

這一擊甚至讓他沒有時間去辨認發生了什麼事。

回頭一看，三頭龍還待在宮殿的殘骸上，和衝上巨大山峰的十六夜間有著遙遠的距離。如果是像先前那樣以凶爪的餘波發動攻擊，地上的痕跡也未免過於零星。

而且背後的傷口並不淺，因為連續戰鬥而疲憊不堪的十六夜不由得單膝跪地，冒著冷汗瞪視三頭龍。

（是什麼……他用了什麼樣的恩惠……？）

十六夜在腦中列舉和魔王阿吉．達卡哈相關的傳承，然而他無法特定出答案。

根據傳承，對方被視為能使用千種魔術的魔王，然而沒有詳細記載相關內容的書籍。即使是博學的十六夜，也無法得知沒有留下記錄的知識。

儘管如此，他還是為了獲得少少的情報而伸手碰觸負傷的肩膀。

傷口類似斬擊造成的撕裂傷。十六夜只把「對方擁有能使出斬擊的某物」這念頭放進記憶角落，並以用力踹向地面站了起來。

「…………」

三頭龍用手指在半空中畫出一道橫線。

下一剎那，聳立於三頭龍背後的翅膀就改變了形狀。亦或其實那打從一開始就不是翅膀吧……而是能自在變化改變外型的黑刃。伴隨著顫慄，十六夜察覺到斬擊的真面目。

（和蕾蒂西亞相同的龍之影……！斬擊的真相就是這個嗎！）

然而這和十六夜知道的龍之影相比，速度和精準度都完全不同水準。

在十六夜明確辨識出的同時，影之刃已經縮短距離，逼近眼球的前方。他反射性地把身體往後仰以閃躲攻擊，不過卻沒有完全避開而被砍中臉頰。

不給十六夜喘息的機會，第二道、第三道追擊之刃瞄準他攻擊。

黑刃形成的暴風宛如雨水般不斷來襲，每一擊每一擊都隱藏著必殺的威力。萬一沒有順利閃過，應該就會被砍得身首異處吧。

十六夜鞭策著自己重傷的身體，在地上四處滾動持續躲避攻擊。

被熔岩加熱的大地表面就像是鐵板般地散發出蒸騰扭曲的空氣，在上面翻來滾去的十六夜雖然身上受到了輕微燒傷和裂傷，但只有眼神依舊訴說著不屈。

「……哼。」

看到這不屈的視線，三頭龍哼了一聲。他喀喀地動了動修長的脖子，以六隻眼睛看準十六夜，並一口氣縮短了距離。

似乎有十六夜兩倍大的巨大身軀以遠遠凌駕他速度的動作繞到了十六夜眼前。

「嗚……！」

巨大身軀突然從超出自己察覺範圍的地方冒了出來。就算十六夜已經遍體鱗傷，這也是和過去敵人天差地別的速度。

（可惡……這真的不是在開玩笑……！）

十六夜原本就明白對方很強。但是，原來兩人間的力量差距大到這種地步嗎？

以紅玉眼眸俯視十六夜的三頭龍像是在確認狀況般地說道：

「……原來在和我戰鬥之前，就已經命在旦夕了嗎？要是沒有負傷，應該可以逃走吧。」

「你說什麼……！」

語氣中甚至可以感覺到憐憫。對於三頭龍來說，這是慈悲為懷的發言吧。然而瞬間理解到真正語意的十六夜卻因為屈辱而狠狠咬牙。

——要是沒有負傷，應該可以逃走。

換句話說這只代表一個意義——就算狀態萬全也根本不足以與他為敵。

這隻三頭龍打從一開始就沒有懷疑過自身的勝利，也從未想像過自身的敗北。這是十六夜來到箱庭前一直擁有的傲慢，也是對周圍的慈悲。

天生為強者之人註定強大，所以弱者的弱小也是無可奈何。

現在，這種類似達觀的價值觀反而被這個魔王拿來狠狠教訓自己。

（哈……原來如此，這的確會讓人怒火中燒啊……！）

十六夜全身上下都因為屈辱而發抖。他無法抑制這十七年間從未感受過的憤怒，忘記身上重傷而奮力站起。

他的人生向來和同情或憐憫無緣，而且也從來沒想像過，自己居然會在瀕死之際體驗到這些。

十六夜因為至今從未經歷過的負面感動而露出笑容，握住已經折斷的右手。

「謝謝你的憐憫……託你的福，我似乎還能再掙扎一番……！」

他擠出全身的力氣站直身子，以瞪視對方紅玉雙眼的舉動來表示不屈。

然而，這是十六夜最後的抵抗。

側腹和背後的出血已經讓他的意識朦朧恍惚。

唯一支撐他站著的動力，只有不屈的鬥志。

三頭龍用三對眼眸中的六隻眼睛靜靜地望著十六夜——突然歪了歪嘴角露出邪惡笑容。

「原來如此。這份不屈的鬥志值得稱許。看來光憑暴力似乎無法讓你屈服——那麼，這種絕望又如何呢？」

他高舉起純白的爪子，在自己肩上挖出一個深洞。

下一瞬間大量的血液猛然噴出，三頭龍的巨大身軀被鮮血染紅。血液緩緩地滴向大地，不消多久就像是獲得生命般地開始詭異蠢動。

被魔王阿吉・達卡哈血液噴到的大地、熔岩、朽木等等都改變外型，逐漸變化成擁有雙頭的龍。

目睹這舉動的十六夜同時感到顫慄和焦躁。並不是因為他覺得眼前的光景很異常，而是因為這些以吞噬大地之姿現身的雙頭龍——全部都散發出足以和神靈匹敵的壓迫感。

（這些傢伙是……神靈級的分身？據說白夜叉對付過的那玩意嗎！）

「No Name」在「Underwood」奮戰的同時，有五隻龍襲擊了東區。十六夜聽說那些龍是阿吉・達卡哈的分身。

雙頭龍們吸收作為基本軀幹的物體所擁有的特徵，架構出更詭譎不祥的外型。

三頭龍最右邊的腦袋以抬起下巴的動作發出命令：

「有一隻山羊、兩隻雌性逃了，追上去殺了她們。」

「什麼！」
聽到這出乎意料的發言，十六夜反射性地擺出備戰架勢。然而渾身是傷的他無法阻止雙頭龍，這三個敵人弩箭離弦般地下山離去。
三頭龍繞到打算追上去的十六夜面前，展開背負著的旗幟放聲大吼：
「好了，人類，你要怎麼做？這樣一來拖延時間的行為已經沒有意義，想拯救同志，只剩下毀滅我這條路可走！」
「——開什麼玩笑！你這隻垃圾蜥蜴！」
思考瞬間超過沸點的十六夜大聲吼叫。現在已經不是計較傷勢的時候，他光靠鬥志讓瀕死的身體再度奮起，衝向三頭龍的胸前。
他忍住湧上來的血痰，以左拳從下往上攻擊巨大身軀的腹部。這一擊的拳速比之前更快，即使手臂會因此作廢也在所不惜。
這等於是傷人也傷己的自毀一擊深深地陷入純白的巨大身軀。
「嗚……！」
三頭龍發出微微的痛苦喊聲。
然而十六夜因為反作用力而受到的衝擊卻遠遠凌駕於其上。
他從自己深深打進對方身體的左拳上，察覺到潛藏在三頭龍身體裡的祕密。
（好沉重……！這絕不是三公尺左右該有的質量……！）

即使以孅美地殼變動的十六夜之拳來攻擊，對方也屹立不搖。

雖然不知道這是什麼樣的恩賜，但這隻三頭龍卻把大陸或與其同等的質量濃縮進僅僅只有三公尺的軀體中。難怪十六夜的拳頭會粉碎。

他的左手碎裂並噴出鮮血。十六夜以怒吼和激烈的感情來強行壓抑住一陣陣湧上的劇烈疼痛。

「嘎啊啊啊啊啊啊啊！」

他從下往上瘋狂揮拳，每次出手就會有鮮血四濺。

一秒多達數百下揮拳攻擊形成暴風，對周圍的大氣放出甚至可用肉眼辨識的衝擊，甚至連熔岩流的前端都被推回。腳下的地盤無法完全承受十六夜的踩踏而碎裂下沉，這完全豁出去的猛攻就連三頭龍的巨大身軀也不由得略為晃動。

即使無法確定三頭龍擁有多大的質量，然而十六夜的拳是能夠撼動星星的一擊。每一拳每一拳都以凌駕第三宇宙速度的高速狠狠深入痛擊三頭龍的腹部。

「嗚……！」

三頭龍的右腳後退了一步。

十六夜沒有放過這不明顯的重心移動。

他把攻擊的目標從腹部變更為左邊的腦袋，打出三拳後以雙手勒住對方頸項，強制三頭龍往旁邊倒下。雖說不可能把對方扛起來，但配合三頭龍剛剛失去平衡的時機，總算勉強成功將其壓制。

整個人跨坐到三頭龍身上的十六夜賭上了最後的勝負。

（趁現在——要是錯過這個瞬間，勝利機會將永遠都不會到來……！）

他已經粉碎的右手上冒出極光。

打碎巨龍，切開死者世界的恩賜清晰顯現。

光芒甚至能掩蓋夜空繁星的極光在十六夜的右掌中聚集，化成幾乎貫穿天地的巨大光柱。

面對這道就連箱庭帷幕也能貫穿，讓全知的惡魔只能稱之為「真相不明（Code Unknown）」的恩賜，三頭龍的眼神因驚愕而動搖。

「——嗚！」

不，並不是只有紅玉的眼眸在晃動。

而是以三頭龍為中心，大地和大氣都在激烈地鳴動。仔細一看才發現三頭龍的雙掌上凝聚起濃縮的力量漩渦，並產生灼熱的球體。

「啟動『阿維斯陀（Avesta）』——相剋並旋轉吧！『模擬創星圖（Another Cosmology）』……！」

這個熱源比被熔岩掩蓋的河山更熾熱。

站在正面的十六夜因為幾乎燙傷皮膚的熱氣而倒吸一口氣。

（這是什麼……火炎系的恩賜嗎……？）

那麼無論擁有多大破壞力都不值得恐懼，因為物質世界裡的一切萬物都無法防禦十六夜手

上的極光之柱。

十六夜以反手握住光柱，瞄準三頭龍的心臟使勁揮下。

三頭龍則高舉起壓縮在雙掌中的兩個球體並承接這一擊。

還以為炎球碰到極光後就會立刻被消滅，然而炎球卻放出更強烈的灼熱並開始和光柱互相對抗。

「嗚——可惡！你這混帳真的是有什麼都不奇怪嗎……！」

十六夜將所有力量灌注在右手上將光柱往下壓。

然而三頭龍構築出的炎球威力更為增加，光芒也愈來愈強烈。

每當彼此互相排斥就開始放出強大力量的兩顆炎球不久之後化為光球，並產生出甚至能讓周遭光線扭曲的力量漩渦。

極光和灼熱間的衝突讓逐漸逼近的熔岩波濤整個被彈開，光是餘波就讓巨大山峰逐漸瓦解。等同於星與星之衝突的力量漩渦把萬物一個不留地全數粉碎。

原本散落在兩人周圍的瓦礫一一被分解成比原子更小的碎片。

透過朦朧的視線，十六夜看到露出兇惡笑容的魔王身影。

「結束了，新時代的天賜之子。憑你——無法打碎這面『惡』之旗幟！」

極光之柱與灼熱之星同時粉碎四散。

受到餘波直擊的十六夜宛如塵埃，在半空中隨風飄盪。

第二章

——「煌焰之都」瓦礫形成的河山。

都市轉瞬之間就被土石流吞沒。原本閃耀出燦爛光輝的玻璃迴廊現今已經杳無蹤跡，也失去了陳列在展示會場裡的無數藝術品。

不斷溢出的灼熱河流將大地染成一片鮮紅。

居民們抱著事先整理好的包袱爭先恐後地離開城鎮，和「Salamandra」的憲兵團一起朝著外門前進。

三頭龍——阿吉．達卡哈刮起的龍捲風不分敵我地把戰場鬧得天翻地覆，這下已經不是進行遊戲的時候。

和魔王聯盟成員們的戰鬥，藉由第三者之手而被迫終結。

之前在「煌焰之都」外牆戰鬥的久遠飛鳥因為躲進擁有超重量的迪恩裝甲內部，所以逃過了一劫。或許是逃走時過於倉皇狼狽，心愛的緞帶已經鬆開，紅色長裙也大膽地露出了大腿以下。

飛鳥和珮絲特一起待在行列的最後面，等待「No Name」的同志趕來。

「去接人的阿爾瑪已經離開好一段時間了……果然出了什麼事嗎？」

「……這種事情我哪知道。」

珮絲特以沒有餘裕的口氣回答，她也因為連續發生的異常事態而相當疲勞。擦去往下滴落的汗水後，她在迪恩肩上躺了下來。

巨大山峰爆發後已經過了約三十分。兩人是為了對應巨人族的襲擊而自願擔任隊伍的殿後工作，然而還未出現類似襲擊者的人物。拜此所賜，隊伍才能順利前進。

外門位於距離都市區約有七里的地方。

大量的居民和憲兵形成集團，沿著山谷間的道路避難。好在「煌焰之都」的大半居民都是精靈或妖怪之類，這大概是唯一的幸運之處吧。

有些人飛上空中，也有些人通過地脈前往其他土地避難。因此眾多避難居民才能在不壓迫到狹窄道路的情況下繼續前進。

（不過反過來說，這也代表有許多人沒有能力逃走吧……）

使用這條道路的避難居民幾乎都是人類和獸人。

他們是藉由加入「Salamandra」的庇護而來到五位數構築根據地的人們。因此在發生緊急事態時，不是因為實力而是以生產者身分被邀請到此地的他們無法成為戰力。

基於此點，在戰鬥時會成為主力的共同體被區分為前衛、中衛、後衛，各自負責保護避難的居民。

隊伍前方是「Perseus」、中段由「Salamandra」，後衛則是由「No Name」的飛鳥和珮絲特擔任。

「妳看！阿爾瑪回來了！」

飛鳥發出開朗的叫聲。

在她指出的方向，可以看到有一隻放出閃電的山羊正往這邊疾馳。在山羊毛茸茸的背上，是已經失去意識的黑兔，還有臉色蒼白的春日部耀。

確認飛鳥的身影後，阿爾瑪特亞一躍飛到迪恩的肩上，低頭行了一禮。

「主人，妳平安無事真是太好了，我本來還擔心妳會不會被那個龍捲風波及。」

「嗯，是珮絲特在千鈞一髮之際把我推進了迪恩內部，因此我才能得救。」

飛鳥對坐在旁邊的珮絲特道謝，珮絲特什麼都沒說，只是嘟起嘴把臉轉開。

重新面向阿爾瑪特亞後，飛鳥對著坐在她背上的耀開口詢問：

「春日部同學，幸好妳也沒事，沒受傷吧？」

「……嗯。」

耀只點了點頭，微微表示肯定。

雖然這是個不經意的動作，但飛鳥卻感到了一抹不安。

雖然耀平常就不愛說話，但現在的樣子卻顯得更加奇怪。蒼白的臉上還隱隱約約可以看到

像是畏懼的感情。

領悟到事情嚴重性的飛鳥開口向阿爾瑪特亞發問：

「阿爾瑪，十六夜同學和仁小弟呢？沒跟你們一起嗎？」

「……是，我有試著到處尋找，但是沒能掌握到首領大人的下落。而十六夜先生……」

阿爾瑪特亞似乎很遺憾地中途停口並低下頭，耀也沒有接口而是繼續把視線朝下。

在沉重緘默占據現場的情況下，失去意識的黑兔醒了過來。

「嗚……各位……？」

「黑兔，還好妳也沒事。」

飛鳥注意到黑兔醒來，對著她伸出手。或許是還沒把握狀況吧，黑兔有些楞楞地點了點頭。

她押著額頭環視周遭。確認飛鳥、耀、阿爾瑪特亞和迪恩的身影後，黑兔以像是想起什麼恐怖回憶般的態度喃喃開口：

「……十六夜先生呢？沒有和大家在一起嗎？」

她用顫抖的聲音向耀和阿爾瑪特亞發問。

耀代替阿爾瑪特亞低聲回答：

「十六夜……沒過來，他一個人留下了。」

「咦……」

「我趕到時他已經受了重傷，應該是判斷以那傷勢無法成功逃離才做出的決定吧。他把黑兔小姐和春日部小姐託付給我，隻身一人單挑魔王。」

耀狠狠咬牙。不用講也知道，對於關心同伴的她來說，必須拋下十六夜是多麼痛苦的選擇。

和耀相反，阿爾瑪特亞則淡淡地只報告了事實。

聽到那不帶感情的語調，黑兔披頭散髮地抓住了阿爾瑪特亞。

「怎……怎麼會這樣……！如果妳真的是山羊座的星獸，應該很清楚那個魔王的身分！那個是……魔王阿吉．達卡哈並不是普通的魔王！那個魔王正是擊退眾多神群的人類最終考驗！就算是十六夜先生，也根本毫無勝算！這些事情妳應該心知肚明吧！」

「我確實知道，還有十六夜先生本人應該也比其他人都了解這些。正因為他已經領悟到死期將近，才會把妳託付給我。」

「快帶著黑兔逃走——」

黑兔一驚之下鬆開了手。由於阿爾瑪特亞的發言，讓那個光景在她的腦裡再度復甦。

當時在場的黑兔也聽到了十六夜的聲音。

而且還很清楚地記憶著他最後的發言。

「抱歉，約定似乎無法——」

「啊……啊啊……！」

黑兔發出呻吟般的喊聲，低下頭跪倒在地。她並非真的不明白，只是希望有哪個人能否定自己最後見到的光景。

希望有人能肯定地告訴她……

那個光景並不是最後。如果是十六夜，甚至連這種絕境也能脫離。

「……對不起，我明明也在場，結果卻什麼都辦不到。」

耀也痛苦地緊握著項鍊。面對三頭龍，她只能拋下十六夜逃走。這份悔恨完全無法估量。

跟「火龍誕生祭」那時相同。明明拚命鞭策自己想和十六夜並肩作戰……結果，還是把一切都推給他負責。努力想要趕上的背影現在已經前往遙不可及的遠方。

「耀小姐……」

「黑兔小姐，我可以理解妳的憤慨。但是也希望妳能夠明白，在那時有能力阻止魔王前進的人只有他一個。正因為十六夜先生賭上了性命，因此才能讓這麼多人專心避難。」

阿爾瑪特亞放慢語調，並舔了舔黑兔的臉頰。

拋下十六夜並非她的本意，反而阿爾瑪特亞原本打算若是碰上最壞的情況，就要親自去阻止魔王。然而十六夜的決心遠比她的決心堅強，只要是有聽到十六夜吼聲的人們應該都可以理解這點吧。

那是賭上自己身體與性命的叫聲。

「……阿爾瑪，十六夜同學死了嗎？」

「我並沒有確認他死亡，或者該說也不是沒有已經脫身的可能……只是根據那個重傷來判斷，我想應該很難。」

阿爾瑪特亞雖然避免使用太直接的講法，但飛鳥也沒有那麼遲鈍。顯而易見，十六夜挺身挑戰了決死的戰鬥。飛鳥原本已經預測過最糟的狀況，然而現實卻更加惡劣。至今為止她也曾陷入幾次絕境，但是那些都無法和這次相提並論。

黑兔失去靈格，仁下落不明，十六夜單挑魔王。

剩下的主力只有飛鳥和耀，但兩人卻束手無策。

「……話雖如此，現在也不是垂頭喪氣的時候。」

啪！飛鳥拍打自己的臉頰振作精神。

她轉向阿爾瑪特亞，再次開口提問：

「我明白狀況了。不過關於魔王的情報還太少，要是妳知道什麼事情，請提供情報。妳應該認識那隻三頭龍吧？」

「是的，只要是箱庭的老成員，沒有人不認識那個惡神——主人妳有聽說過叫作『拜火教』的神群嗎？」

不，飛鳥搖了搖頭。

帶著緊張表情的阿爾瑪開始敘述三頭龍所屬的神群：

「『拜火教』的惡神群過去曾高舉著『惡』(Aksara)之旗幟，化為不共戴天之敵並在箱庭內四處作亂。我還聽說過如今被視為善神之首的帝釋天，其實本來也是置身於『拜火教』的魔王。」

帝釋天——被身為「箱庭貴族」的黑兔當成主神崇拜的軍神。飛鳥聽說過黑兔被賜予的各種武器也是來自於帝釋天的恩惠。
飛鳥以眼角餘光看了看垂頭喪氣的黑兔，開口反問：
「那麼妳意思是那隻龍和帝釋天同格嗎？」
如果真是那樣，的確是個令人畏懼且難以打倒的敵人。換句話說，對方是能夠把黑兔程度的強者收為眷屬並培育的魔王。即使單純只論戰鬥力，應該也會遠遠超過巨龍吧。飛鳥完全不認為「No Name」有勝算。
然而阿爾瑪特亞的回答卻出乎她的意料。
「……是，至少，以前的確是那樣。」
「……？什麼意思？」
在旁聆聽的耀以詫異的表情反問。
阿爾瑪特亞猶豫了一會該不該回答後，邊選擇用詞邊繼續說明：
「那隻三頭龍並不是普通的魔王……不，或許正確的說法是，他才是身為魔王且具備真正應有之姿的魔王。」
「也就是說，不是『惡用了「主辦者權限」之人』的意思？」
「其實正好相反。所謂魔王，是具體成形的考驗本身。因為原本『主辦者權限』其實是開放內在宇宙，為了把最古老的魔王吸收進自身靈格而才製造出的奧祕。是到了最古老的魔王遭到驅逐，箱庭世界獲得安定後才開始遭到惡用。」

聽到阿爾瑪特亞的糾正，飛鳥回想起傑克的「主辦者權限」。

「Jack the monster」是只針對利用、惡用，或是殺害小孩的惡人為對象才會發動的善性考驗。那才是真正的「主辦者權限」應有的姿態。

「真正的魔王是完全不同的考驗，而且還不是一般的考驗。是有可能造成人類根絕的世上最強考驗的具體顯現──我們將其稱為『人類最終考驗（Last Embryo）』。」

「……『人類最終考驗』。」

「有聽過這個說法嗎？魔王是『天災』，其涵義正符合字面。例如雷雨等天災，地殼移動造成的地災，還有瘟疫的蔓延等等。之所以有很多神群都是這些的擬人化，正是當人類存續危機再三發生時皆由我等神靈出面予以降伏的證明……不過，其中也有天體法則之類的例外。」

嗯，兩人點點頭接著稍微看了一下珮絲特。

黑死病的大流行就是最有代表性的例子之一吧。

能克服據說殺害三分之一人類的史上最嚴重瘟疫，自然會被視為人類繁榮中曾被迫面對過的最大等級考驗。

「那麼那隻三頭龍也是吸收了什麼天災、編年史或天體法則的魔王嗎？」

「……恐怕是。阿吉・達卡哈以前並非強大至此的魔王。舉例來說，大概是和東洋神的十二天神或『齊天大聖』，還有西洋神的戰爭女神或死者之王等相同吧。但是在某天之後──以阿吉・達卡哈為首的數名魔王突然一起讓他們的靈格大幅提昇，而且還增大到每一個每一個都能夠擊退百萬神群的程度。」

「擊……擊退百萬神群！」

飛鳥和耀忘記現在的狀況，發出了變調的叫聲。如果此話為真，已經不是很強之類的問題，而是確確實實相差懸殊的威脅。

垂頭喪氣的黑兔也握緊拳頭表示肯定。

「這些情報……是真的，甚至不是一種比喻。過去這個箱庭世界裡存在著更多的神群，但他們幾乎都被那些最古老的魔王驅逐。」

「想用物理手段來打倒這些等於是考驗本身的最古老魔王，是不可能辦到的事情。因此為了當作對抗最古老魔王的手段，事後製造出了解放自身靈格化為考驗的神魔奧祕——『主辦者權限』，也就是恩賜遊戲的原型。」

這才是恩賜遊戲被稱為神魔遊戲的真正理由。

神群和魔王的代理戰爭留下的痕跡又歷經了無數歲月，才演變成現在的形式。

「是嗎……原來是因為這樣，惡用『主辦者權限』者才會被稱為『魔王』嗎？」

「是的，因為是把自己的靈格轉變成考驗，因此本質上相同。」

「不過，等一下！如果真的是這樣，只要有『主辦者權限』就能打倒那隻三頭龍吧？」

耀舉起右手提問。

然而阿爾瑪特亞卻以苦悶的表情搖頭。

「理論上是那樣沒錯，因為無論是編年史還是天災，都會演變成考驗互相吞噬。問題是講到能夠打倒或是封印阿吉・達卡哈的『主辦者權限』，除非是最強種或是專精戰鬥的天軍等級……」

「那麼蛟劉先生呢？」

「覆海大聖」蛟魔王。

如果是過去曾和「齊天大聖」孫悟空以及「平天大聖」牛魔王一起在箱庭裡，以神群為對手四處興風作浪的他，說不定還真能有勝算。

然而，這次換成飛鳥提出否決。

「很遺憾，蛟劉先生的行蹤不明。還有珊朵拉、維拉、傑克，以及『Perseus』的公子哥也一樣，現在是靠著『Salamandra』勉強統領避難居民的狀態。」

耀忍不住倒吸一口涼氣，這超越想像的慘狀讓她說不出話。

——怎麼會這樣，真的束手無策。耀再次為自己等人身處的絕境而恐懼顫抖。意思是除了擔任殿後的飛鳥和珮絲特，主力幾乎都全滅了。

「……傷腦筋。十六夜同學一不在，我們連個打破局面的實用策略都想不出來。」

無法忍耐滿心焦躁不甘的飛鳥自嘲地笑了笑。

至今為止，他們和魔王的戰鬥全都把方針和中心交給十六夜負責。講難聽一點甚至可說是一種依賴行為吧。因為雖然型態並不健全，但「No Name」之所以可以和魔王戰鬥至今，全都是靠十六夜的盡心盡力。飛鳥因為焦心的不甘而全身發抖。

咕咚！

好痛，不是心痛，而是物理上的頭痛。

飛鳥對這個像是趁隙突襲的悶痛感還有印象。她一邊發抖一邊握住從空中掉下來的十字形梆頭，太陽穴冒著青筋並開口大吼：

「維……維拉．札．伊格尼法特斯！妳在吧！快點給我出來！」

「啊嗚～」維拉發出類似慘叫的聲音，從半空中落下。

她臉上帶著心虛的表情，戰戰兢兢地抬頭望向一行人。

「對……對不起……」

「對不起有什麼用？這是妳第二次用鈍器砸我！妳這人難道就不能用普通的方式來打招呼嗎！」

「啊……算了啦算了啦。飛鳥，冷靜一點……維拉，妳沒事真是太好了。因為妳突然消失所以我一直很擔心。」

看不下去的耀露出苦笑制止兩人。被怒斥的維拉已經眼中含淚，她用袖子使勁擦去眼淚，再度開口致歉：

「真的很抱歉……龍來的時候我第一個逃了……所以很心虛，不好意思和大家會合。」

「就算這樣，拿鈍器丟人也很有問題吧！」

聽到飛鳥的抗議讓維拉更是消沉。

阿爾瑪特亞踏響幾次蹄子吸引眾人注意。

「總而言之，現在是首領和參謀都不在的緊急事態。我和主人要以共同體代表的身分去向『Salamandra』報告現狀，然後直接前去擔任前衛。各位有異議嗎？」

「沒有，我可以接受。珮絲特呢？」

「……沒有。」

「很好，那麼請上來吧。」

阿爾瑪特亞踏響蹄子催促飛鳥坐到自己的背上，飛鳥表現出略為遲疑的態度，但立刻用力甩頭坐了上去。於是阿爾瑪特亞從迪恩肩上往下跳，沿著溪谷中道路的斜面往前奔馳，尋找擔任中衛的共同體「Salamandra」。難民們手邊幾乎都沒有算得上行李的物品，只是以陰暗的表情排隊。畢竟如果光是魔王來襲或許還另當別論，但現在他們卻是連長年居住的城鎮也失去了。回頭望向沉入熔岩裡的「煌焰之都」並眼中含淚的人並不在少數。

感覺到自己背後流著冷汗的飛鳥把視線朝向後方。

被熔岩覆蓋的巨大山峰散發出詭異的光芒。一想到那個人正在那座山峰的某處奮勇戰鬥，飛鳥就感到難以抑制的懊悔。

她坐在往前疾馳的阿爾瑪特亞背上，像是吞了黃蓮般地扭曲著臉部表情。

「……阿爾瑪，妳認為十六夜同學有機會獲勝嗎？」

「沒有機會，沒有任何人能打贏那玩意。面對連天軍也只能勉強封印的怪物，人類怎麼可能單獨獲勝。」

阿爾瑪特亞以像是要讓飛鳥面對現實般的語氣回覆。這是她的溫柔表現。大概是擔心自己如果沒這樣說，飛鳥會想要去救援十六夜吧。

飛鳥體會到她的心情，只是繼續瞪著巨大山峰，把想講的話又吞了回去。

「……就算是那樣，十六夜同學也一定沒問題。我們必須去做自己能力所及的事情。」

「是的，感謝主人的理解。」

轟隆！雷鳴聲響遍周遭，化為閃電的阿爾瑪特亞提高速度繼續奔馳。

——下一瞬間，就發生了異變。

「嗚！主人！請抓好！」

「咦？」飛鳥才剛出聲，阿爾瑪特亞就突然往上空用力跳起。

不知道發生什麼事情的飛鳥在感受到熱風掃過臉頰後，立刻察覺到狀況。她往下面一看，只見剛才兩人經過的道路斜面已經被紅黑色的火焰熔解。

「是敵襲！而且不是普通的敵人！」

阿爾瑪特亞才剛大叫，沿著道路生長的森林深處就立刻飛來追擊的火球。以大氣為立足點奔馳的阿爾瑪特亞勉強閃過接二連三出現的火球，同時尋找襲擊者的身影。把視線往下看向森林後，上空出現巨大的敵影就覆蓋住兩人。

「阿爾瑪！上面！」

一時大意的阿爾瑪特亞猛然一驚，把視線移往上空。

確認敵人的身影後，剛剛被逮到破綻的她再度大吃一驚。

——那是全身都由白磁岩石造成的雙頭怪龍。唯一肉體部分的紅玉之瞳散發出詭異光輝，緊盯著眼前的獵物。

牠的眼中完全感覺不到任何情感。這個怪物並不具備感情，只有「要屠殺目標獵物」這唯一存在的衝動驅使著這隻雙頭龍行動。

「GEEEYAAAaaa！」

白磁雙頭龍發出咆哮，高舉著強韌利爪發動襲擊。

判斷無法完全抵擋的阿爾瑪特亞捨棄山羊外型，化身為鋼鐵的流體。她以金剛鐵鑄造的全身來覆蓋住飛鳥並專心防守。

受到直接攻擊的鋼鐵球體被打向道路旁的森林並在地面上挖出一個洞。飛鳥雖然被保護在球體內部，然而卻無法徹底抵銷衝擊。

因為震撼全身的痛苦而表情扭曲的飛鳥向阿爾瑪特亞提問：

「阿爾瑪……那個難道是……？」

「沒錯，那就是阿吉．達卡哈的分身！不是普通的妖怪！請把牠們每一隻都當成神靈！」

阿爾瑪特亞恢復山羊外型，把飛鳥放到地上。

遠處傳來被雙頭龍襲擊的避難居民們接二連三的慘叫聲。如果那隻雙頭龍可以和神靈匹敵，那麼能對抗牠的人物僅限於少數。飛鳥跨上阿爾瑪特亞的背部想要立刻趕回，但下一瞬間森林裡的樹木就一口氣包圍兩人並堵住去路。

「嗚！還有另一隻……？」

「主人，請馬上讓我神格化。這並不是保留恩賜還能夠戰勝的對手，我判斷速戰速決較為有效。」

阿爾瑪特亞用蹄子刨著地面，提高警戒。雖然沒看到對方的身影，然而籠罩森林的氣息卻誇示著強大的力量。樹木傳出陣陣脈動，讓人產生或許全是同一生命體的錯覺。

正如阿爾瑪特亞所說，這並非是隱藏戰力就能解決的狀況。因此飛鳥下定決心，從酒紅色恩賜卡中拿出四顆寶珠和撥風笛。

兩人一進入備戰態勢，就聽到更加刺耳的慘叫聲。

「嗚啊啊啊啊啊！」

「是龍！出現雙頭龍！」

「火龍隊立刻擺出陣形！亞龍部隊趕緊讓居民去避難！」

混雜著叫罵聲和慘叫聲的爆炸聲響起。道路上升起從遠處也能看見的火柱，讓現場陷入悲慘哀號的漩渦。

飛鳥感覺到自己背後滴下冷汗，並把視線投向隊伍的最後端。

（春日部同學……珮絲特、迪恩，那邊就交給你們了。）

她為同伴祈禱後，接著賦予寶珠模擬神格。靈格增大的阿爾瑪特亞打響轟隆雷鳴，準備迎戰潛藏在森林中的魔龍。

＊

在阿爾瑪特亞即將受到白磁雙頭龍襲擊之前，春日部耀已經進入了備戰態勢。

「飛鳥……！」

她立刻發動「生命目錄」。纏繞在腳上的翅膀並非「光翼馬（Pegasus）」，腳尖具備銳利尖爪的那個護腿是在模擬更兇惡的幻獸。

所羅門七十二柱魔神中的第三十位：魔獸「馬可西亞斯（Marchosias）」。

是擁有獅鷲獸的翅膀與蛇尾，外表為狼型的第三幻想種。

「等一下，我現在就去幫助妳們——」

耀對周圍放出獅鷲獸和光翼馬的璀璨旋風，以及魔狼吐出的煉獄火焰。

——「馬可西亞斯」是在第三幻想種中也列於高位的魔狼。扣掉龍種，能單獨與之敵對的存在相當有限，是甚至足以匹敵低等魔王的幻獸。

雖然魔狼擁有能吐出灼熱氣息的強韌力量，不過這隻幻獸的真正價值並不是戰鬥能力。

這力量的一部分在下一瞬間救了耀和黑兔等人。

「——嗚！黑兔！快抓住我！」

「咦？啊……是！」

黑兔因為突如其來的狀況而不知所措，但在耀的氣勢鎮壓下乖乖抓住她的手。耀就這樣直接抱起黑兔跳往迪恩的側面。

下一秒，立刻從森林道路出現大量火焰彈瞄準她們兩人襲擊而來。

耀向周圍放出璀璨之風和灼熱以保護自己。將三隻高位幻獸的恩惠交織而成的灼熱暴風即使受到火焰彈的掃射也紋風不動。

「耀小姐！後面！」

黑兔大叫。擊落飛鳥她們的白磁雙頭龍正瞄準耀為目標。

然而耀卻毫不動搖地翻轉身體，用左腳的裝甲來擋下了凶刃。接著在即將被雙頭龍的怪力徹底壓制之前，逮住絕佳的時機衝向對方身前。

面對耀的大膽攻勢，讓白磁雙頭龍的身體微微僵硬。牠大概沒有預測到耀不但能在剛才的時機做出反應，而且還能夠發動反擊吧。

衝向白磁雙頭龍身前的耀在空中迴轉身體，接著從下方往上重擊雙頭龍的雙顎。

「Gya……！」

「好……好厲害！」

依然被耀抱著的黑兔發出感嘆。

如果只針對剛才的攻防，即使和黑兔相比，耀的體術也已經毫不遜色。要是再把飛行能力也考慮進去，認定耀更勝一籌應是還算合理的判斷吧。雖然與其說是武術技巧，反而像是敏捷的野獸體術，不過能正確使用獲得恩賜的品味讓耀的自我流派更加傑出耀眼。

（原本就可以感覺到才能，不過成長速度卻遠超過想像……！）

下顎被打穿的白磁雙頭龍噴出鮮血並往下墜落。雖然算不上致命傷，但應該有暫時奪走牠的意識吧。

確認雙頭龍下墜後，耀的視線朝向道路旁邊的林中小路。她把灼熱壓縮到右腳上——一閃之後捲起火焰旋風，把整個森林都燒光。

「等……等一下！耀小姐！」

被轟隆吹起的熱風波及的黑兔發出慘叫。

這段時間內，灼熱的龍捲風繼續往前移動並燒毀森林。避難的居民們也發出慘叫，但迪恩用巨大身軀擋在前方，保護難民不受熱風侵襲。

這是無法從過去的耀聯想到的大膽又大規模的一擊。

然而耀的眼中卻沒有勝利的色彩，反而更加強警戒。

雙頭龍雖然被灼熱的龍捲風吞噬，卻依舊以無傷之姿佇立在龍捲風中心。

耀直線急速下降，靠近維拉並把黑兔交給她。

「維拉，黑兔和難民們麻煩妳了，能保護大家的只有妳。」

「我？可是，妳要怎麼做？」

「我要擋下那些傢伙……不。」

耀講了一半又停口。以雖然話不多但總是明確表示意見的耀來說，這個態度很罕見。

她瞪著自己放出的灼熱龍捲風，接著以帶著確信的語調如此斷言：

「那兩隻龍——由我來打倒。所以維拉，黑兔就拜託妳了……！」

耀帶著鬥志，刮起璀璨雄風。

這剎那，灼熱的龍捲風被雙頭龍的爪子給一分為二。

「維拉！迪恩！還有珮絲特！之後就拜託你們了！」

「知……知道了！」

「DEeEN！」

「…………」

維拉利用空間跳躍前往「Salamandra」的本隊。迪恩負責殿後，讓負傷者和落後的人們坐到自己肩上並加快腳步。珮絲特原本張開嘴似乎想說什麼，但最後還是什麼都沒說，在避難居民周圍放出黑風加強防守。

耀散發出銳利的氣勢，挺身站到兩隻雙頭龍前方。

從龍捲風中冒出來的另一隻雙頭龍是以熔岩來建構身體的紅黑色深紅怪物，沸騰的熔岩代替鮮血脈動，更提高了怪物性。

然而即使面對這些異形，耀的內心還是很平靜。

或者該說極為冰冷。

「……你們由我來對付。」

她不由自主地開口說話。

聲音裡帶著明確的憤怒，連耀自己也感到意外。她察覺這份怒意的來源正是眼前的雙頭龍，然後以更強烈的語氣指責對方：

「都是因為你們……十六夜才必須做出這種不合理的賭命行為。明明他是無論發生什麼事情都不該在這裡死掉的人，結果卻頭一個捨棄了自己。」

耀朝著雙頭龍又走出一步。

雖然明白對方是沒有理性也沒有知性的怪物，但耀仍然無法停止斥責。

「結果……我連一次都沒有和十六夜一起戰鬥。明明和馬克士威魔王戰鬥後，將來終於應該可以和他在同一場遊戲裡並肩作戰了。」

十六夜最後喊出口的發言是「帶著黑兔逃走」。

可是耀其實希望他這麼說：「一起和魔王戰鬥吧。」

然而直到最後，都沒能聽到這句話。

耀很清楚自己與十六夜的實力相差懸殊。

不過自己總算開始能見到他的背影。正常來說，今後彼此應該要並肩在箱庭世界一起戰鬥、一起競爭，一起度過愉快有趣的生活。

然而他的背影又再度遠離而去。

而且說不定會前往絕對無法觸及的遙遠另一端。

「我會保護黑兔，這是和十六夜的約定。所以我一定會把她平安送往『境界門』——在那之後，要做什麼就是我的自由。」

無處發洩的怒氣從五臟六腑中不斷湧出。

這是對敵人的憤怒，也是針對如此不中用的自己。明明想要和十六夜一起留下來並幫助他，結果卻辦不到。耀無法原諒這樣的自己。

——為了理和利，她拋棄了和同伴間的義。

為了取回已經拋下的東西，必須提出證明。

一個即使越過瓦礫河山，劈開地獄，也不確定能否奪回的證明。

握緊「生命目錄」的耀為了作為證明——喊出了新的幻獸之名……

「『生命目錄』——形狀，『大鵬金翅鳥』——！」

下一剎那，黃金色的風包覆住耀。

「馬可西亞斯」的形狀解除，化作金色帶子纏上耀的全身。無袖的衣服成為保護身體的術衣，頭部戴上了裝飾著羽毛的髮圈。

這燦爛的光輝彷彿要照亮黑暗的夜晚。

如果要比喻，可說是太陽的化身。

面對璀璨輝煌的黃金之風，異形的雙頭龍們不禁後退。

——敬畏恐懼吧，惡神的眷屬們！

這份光輝正是能燃盡汙穢的黃金之恩賜。是在印度神話群中毀滅惡龍，甚至獲得戰勝軍神的保證，外型為半人半鳥的惡神討伐者。

「大……大鵬金翅鳥！和鵬魔王一樣是最強種！但這種事情……！怎麼可能！『生命目錄』連最強種都能夠顯現嗎？」

也難怪黑兔如此驚愕。

「生命目錄」至今雖然模仿過麒麟和飛馬，甚至還有馬可西亞斯，然而這次的幻獸卻完全不同等級。

不，基本上金翅鳥（Garuda）根本不屬於幻獸這種範疇。

（這個金翅的火焰是真貨……然而不可能在毫無風險的情況下驅使最強種的一部分！現在

耀小姐應該是付出了某種代價才能召喚出實力以上的力量……！）

黑兔以不安的心情凝視著包圍耀的燦爛光輝。

然而耀也抱持著相同心情。

同樣使用「生命目錄」的獅鷲獸……格萊亞·格萊夫曾經明確提及這份風險。在這恩賜的背後，確實存在著隱藏的代價。

（到今天為止，我都很害怕這個風險，所以自己限制了要使用的幻獸。然而這份懦弱——卻讓十六夜孤身作戰……！）

存在於全身中的絕大力量。既然能顯現出如此強大的恩賜，應該不會再礙手礙腳。十六夜也必定會意氣揚揚地這麼說：

「和我一起對付魔王吧。」

「我已經不再迷惘了。我會打倒你們——去幫助十六夜——！」

「ＧＥＥＹＡＡＡＡａａａ！」

兩隻雙頭龍和金翅鳥從正面激烈衝突。

內心各自懷抱著心思，戰況進入了白熱化的階段。

幕間

（……這裡是……？）

仁・拉塞爾在森林深處昏昏沉沉地睜開眼睛。

他想要動動身體，才發現自己被綁了起來。

腹部的發熱疼痛應該來自被鈴刺中的部位。雖然馬克士威說他已經燒過傷口並止血，不過也看得到事後再經過應急處理的痕跡。大概是因為鈴瞄準內臟間的縫隙刺入所以才能只受到這種程度的傷害，然而即使如此，自己受到利刃刺傷的事實依然不會改變。而且還因為失血讓全身有著輕微的虛脫感。

坐在樹上的殿下注意到像蟲子一樣扭動的仁，對著他開口說道：

「仁，你醒了嗎？」

「殿……殿下……！」

「好了，別動。即使內臟沒事，你的腹部還是被刺穿了，最好安靜休養。畢竟你和我們不同，好像差不多完全是普通的人類嘛。」

殿下從樹上一躍而下在仁面前現身。仔細一看他也是遍體鱗傷，這些傷勢昭然顯示出他和十六夜之間的戰鬥究竟是多麼激烈。

「遊戲怎麼樣了？」

「已經基於我和逆迴十六夜雙方的同意和解。算了，畢竟遇上了那種狀況，所以仁你也別再追究腹部受傷這事了吧。」

「……你這人真是差勁透頂。」

仁疲倦地放鬆力氣。既然無法逃走也是無可奈何，他決定放棄想打破現狀的念頭。因為這原本就是自己種下的因，也是考慮過有可能演變成這樣後才提出的賭注。

豎起耳朵，可以聽見河川的流水聲。

「Ouroboros」一行人藏身於和巨大山峰相連的山頂上。

除了鈴和馬克士威以外，其餘所有人都受到輕重傷的他們靠著馬克士威的空間跳躍來暫時從戰線上撤退，並觀察著「煌焰之都」的情況。唯一沒有投身戰鬥的鈴負責為黑色獅鷲獸格萊亞以及「魔法師」奧拉包紮傷勢。

然而鈴的臉上透露出強烈的不滿神色。

她一邊拿著急救箱幫忙治療，同時以似乎很消沉的態度嘆了口氣。

「唉……雖說作戰成功，但真沒想到居然會被打得這麼慘。身為遊戲掌控者，我對大家的實力很失望。」

「唔……唔……！」

「鈴，雖然妳那樣說，但格萊亞是碰上星獸，而我是被蛟魔王襲擊啊。即使只有保住一命，也希望能獲得誇獎。」

「還狡辯。就算我可以大幅讓步承認大爺那邊的情況，但奧拉小姐妳負責的是只要待在巨人族後方保護召喚陣的簡單工作吧？我是因為相信妳才會託付任務，像看家這種小事請妳確實做好。」

啪！鈴拍了拍止血的繃帶。

已經做完應急處置的殿下也帶著苦笑點頭。

「鈴說的對。你們兩人最近都沒有顯眼的功績，身為主人，很期待你們能更進一步努力。」

「嘴上這樣講，結果卻輸得淒淒慘慘回來的人沒資格擺出主人架子！」

啪！鈴拍了拍殿下的腦袋。

雖然開著玩笑，但受傷最重的不是別人，正是殿下本身。全身的肌腱受損，骨頭也產生了細微的裂縫，是在慘到不能再慘的遍體鱗傷狀態下被帶了回來。

「那麼自信滿滿地接下遊戲領袖的任務，真沒想到居然會打輸回來。身為掌控者，真是滿腔羞愧。早知道還是應該由我來擔任遊戲領袖並爭取時間才是比較好的做法吧？」

「沒那回事，而且我也沒輸。今天只是在互相確認彼此的基本性能而已。」

「意思是基本性能輸給對方囉？」

「所以我說我沒輸啊！只是身為原典候補者的完成度劣於對方而已。」

殿下不高興地要求訂正。覺得這對話真是沒有意義的鈴嘆了口氣，不過立刻重新振作改為進行這次的成果報告。

「不管怎麼樣，總之大家辛苦了。戰績先姑且不論，戰果相當完美。從這個角度來看，即使說是我方的大勝利也不算言過其實！」

鈴拿出琉璃色的恩賜卡，將從「煌焰之都」掠奪到的戰利品一一擺出。

第一個是星海龍王的角。

第二個是赤道十二辰的「龍」之寶劍。

第三個是標示出星座，類似渾天儀的物體。

「鈴，那渾天儀就是那個『模擬創星圖（Another Cosmology）』嗎？」

「嗯。講到中國神話群的宇宙論，是以『天球赤道』最為有名，不過這個是把『天球赤道』的鏡像作為宇宙論的東西……也就是被稱為『虛星．太歲』的星圖。」

鈴抱著渾天儀，誇示自己的戰果。

雖然「Ouroboros」眾人擁有「來寇之書（renn Grimoire）」、「巴羅爾之死眼」等最高等級的恩賜，然而這次的戰果甚至能遠遠凌駕於那些東西之上。

——「虛星．太歲」。

所謂「太歲」原本是在中國神話群中被視為「災難凶星」的最高位魔王——太歲星君。至於這個魔王的真面目，則是一顆被假設位於木星的相反位置，但實際上並不存在的虛構行星之星靈。

在中國神話群中，木星被視為神聖之星，是劃分星空的天體分割法「赤道十二辰」的基準，也以別名「歲星」受到信仰。另外在「黃道十二星座」中，木星被用來作為天體學的基準，也被認為相當於希臘神群的最高神「宙斯」。

相對之下，太歲則是以擁有「三面六臂」或是「形似鯰魚的龍」等外貌特徵的星靈而廣為人知。

這應該是因為身為虛星的太歲和其他星靈不同而沒有實體，才會被流傳出各種型態吧。太歲星君之所以更名為星海龍王，正是為了要透過改變外型與名字來隱藏自己的真實身分。

殿下撿起「龍」之寶劍，一邊轉來轉去同時心情愉快地補充：

「『模擬創星圖』是神群的奧祕神髓，或者可以說是構築神群的世界本身。北歐神群的阿斯嘉特如此，佛門的三千世界也是，『拜火教』的善惡二元論亦然。我們『Ouroboros』的『模擬創星圖』也是最後的王牌。」

「對！就是那個！我之前完全忘了，不過殿下你沒有使用自己的『模擬創星圖』嗎？是想要較量基本性能嗎？」

聽到鈴的提問，殿下搖搖頭回答：

「不要講這種傻話。要是在那種地方讓我和逆廻十六夜的『模擬創星圖』衝突，『煌焰之都』會整個炸掉屍骨無存喔。」

「……是啦，的確是這樣。」

鈴聳了聳肩。在對話告一段落時，外出偵查的混世魔王——擁有珊朵拉外貌的混世魔王伴隨著下流的笑聲回到現場。

「喂喂，怎麼好像很熱鬧啊？叫我混世魔王大人出去偵查，自己卻在這裡閒聊，架子還真大。」

「哪有這回事！這次遊戲的MVP除了混世魔王大人以外別無其他。你是唯一有把交辦任務完美達成的成員，如此乾淨俐落，讓我有一點點感動。」

鈴奉上毫無虛偽的讚賞。

保持珊朵拉外貌的混世魔王得意地挺起胸膛。

「這當然，資歷不一樣啊，要看資歷！不過，南瓜混帳的遊戲消失這點倒是讓我有點介意……嗯？小子，你醒了啊。」

混世魔王把視線朝向仁。

仁也回瞪身體被奪走的珊朵拉。

「……混世魔王，你的『主辦者權限』就是能占領對方身體嗎？」

「沒錯。只不過這是個對象只有一人，而且還限定必須是小孩的低低低等垃圾沒用『主辦者權限』。算了，這次要侵占孤立少女時倒是派上了用場啦。」

他盤腿坐下並戳了戳仁的頭。這是完全無法從過去的珊朵拉形象聯想到的舉止和言行，不過既然「內容物」不同那麼也能理解。

仁以沒有感情的眼神望著對方，開口喃喃說道：

「那個身體屬於珊朵拉，請務必要謹慎對待。無論發生什麼事，也千萬別被人打破腦袋。」

「…………哦？」

混世魔王的眼中閃過一道光。

他的眼中出現過去曾未有過的危險神色。

「原來如此啊……嘿嘿，看來你不是個普通的小鬼嘛。那麼，要怎麼處理這傢伙？一起帶走嗎？」

「嗯，因為他擁有的恩賜很貴重。不過在行動之前——馬克士威先生！」

鈴對著半空叫喊。

熱量的境界裂開，馬克士威帶著熱風和冷風現身。

「找我嗎？『軍師』大人。」

「嗯，請你現在去攻擊避難居民和殘存戰力。如果是能夠空間跳躍的你，一個人應該也可以辦到吧？」

聽到鈴的提案，馬克士威皺起眉頭。

不光是因為這種簡直把他當跑腿小弟的待遇，馬克士威原本就已經不再相信鈴。他應該是感覺到試圖讓自己隻身前往戰地的行動背後藏著什麼意圖吧。

注意到對方起了疑心的鈴，很故意地嘆了口氣。

「唉……真是的，馬克士威先生是個不懂少女心的人呢。」

「啊？」

少女心？這出乎意料的發言讓馬克士威發出變了調的聲音。

鈴伸出手指對著馬克士威用力一指。

「給我聽好了，你的新娘，維拉·札·伊格尼法特斯現在正陷入了絕境。我想她一定感到很孤單無助吧，一定希望有哪個人能夠去支持她吧，也一定會期待有個可靠的王子能去迎接她吧！要是在這種絕望的境況下有個實力派又長得帥但讓人很遺憾的跟蹤狂瀟灑登場，那麼就算對方再怎麼噁心，很確定很明顯她也會像是個容易落入情網的女主角那樣變得神魂顛倒如痴如迷吧！」

「妳說神魂顛倒如痴如迷！」

「沒錯！順利的話還可以動手搓搓揉揉又享受柔軟彈性！」

「妳……妳說可以動手搓搓揉揉又享受柔軟彈性！」

「正是如此，最新的魔王大人！你的新娘維拉·札·伊格尼法特斯現在正等待著王子大人趕到自己的身邊！」

轟隆隆隆隆隆隆隆隆隆隆！

伴隨著這種愚蠢的效果音，馬克士威的開關打開了。

因為感動而全身發抖的他宛如收到天啟般地把手伸向天空。

「妳說維拉……在等我……？」

「是的！正是如此！要是沒趁著心愛少女遇上絕境時跟過去落井下石，根本有辱變態跟蹤狂的名聲！現在正是你胸懷千萬思念，並吹起添亂戀愛狂風的最佳時機啊！馬克士威！」

「嗚……嗚喔喔……維……維拉啊啊啊啊啊啊！我現在就去見妳啊啊啊啊啊啊啊！」

最新的魔王如同風暴般地刮起大範圍的熱風和冷風，接著離開現場。

這並非比喻，他的確化為一陣戀愛風暴並昂然出陣。

「…………」

「魔王聯盟」一行人把這一連串的光景都當成位於遙遠另一端的宇宙現象，以不冷不熱的眼神旁觀。

咻~在穿過森林的寒冷夜風總算停下的時候，鈴刻意咳了一聲。

「好啦好啦，礙事者……不，噁心的人離開了。」

「沒錯。」

「是呀。」

「嗯。」

「沒想到你們這些人還挺過分的。」

不過混世魔王也沒有否定。

鈴走向仁，屈膝蹲下並把臉靠了過去。

「仁，來進入正題吧。這次要由所有人來一起繼續之前的討論。」

沿著道路的森林轉瞬之間就轉變成樹海。

傳出脈動的樹幹和樹幹互相糾纏，讓人產生樹海彷彿已成為單一生命體的錯覺。從朽木中誕生的雙頭龍藉由將自己的身體化為樹海的動作，開始支配這片土地本身。成為雙頭龍並獲得神格的朽木不斷狩獵並吸收棲息於森林中的野獸，在短短時間內就轉變成土地神。

然而雙頭龍為森林帶來的並不是恩惠。

這隻龍是將大地脈脈相承至今的恩惠鯨吞虎噬的暴君。

自始至終，雙頭龍只會榨取森林的居民。支配權被奪走並化為怪樹的林間樹木霎時之間就到處破壞了群山的土壤。

連花費數百年歲月累積而成的水脈也透過怪樹的根部被吸走。

原本肥沃的森林土壤逐漸如同沙漠般變得褪色泛白。

——山岳本身正在逐漸轉化成一隻龍。

要是占領山岳地帶的雙頭龍就這樣襲擊避難居民，肯定會造成全面毀滅吧。倘若牠持續變

得更加巨大，恐怕連位於遙遠另一端的其他都市也會有危險。

朽木雙頭龍貪心地繼續膨脹發展。

肆無忌憚地讓根部四處伸展擴散時，牠突然發現無法侵略的地區。

（——）

雖然這些雙頭龍是沒有理性的怪物，然而只有在鬥爭這方面特別聰明。牠明白在無法讓根部侵入的那狹小區域中，有著原住於此地的土地神。

朽木雙頭龍咧嘴露出兇猛的笑容。

還以為是空地的土地中有著守護者，知道有該掠奪的對象存在讓牠感到歡喜。

蹂躪必定會伴隨著抵抗，這是精華滋味，也是無上的快樂。

為了奪取土地，樹海的樹木一口氣發動侵略。

（…………！）

下一剎那，牠碰上了出乎意料的反擊。

用來侵略的樹木接二連三地被奪走支配權。不，不只是這樣。守護者甚至開始反過來奪回至今為止在遭受蹂躪時都毫無抵抗的土地。

對方的侵略速度和雙頭龍可說是天差地別。

乾涸的水脈以驚異的速度恢復，土壤也取回了大地的氣息。突然出現的守護者以三倍的速度來奪回先前應該已經被雙頭龍掌握的支配權。

「——GEEEYAAAaaa！」

雙頭龍很快下了決斷。

牠將掠奪的土地和恩惠吸入本體後，強制切斷了和樹海之間的聯繫。即使侵略土地的速度輸給對方，但戰鬥力卻不會處於弱勢。

朽木雙頭龍以疾風迅雷般的速度攻向敵方的根據地。

然而這單身的衝刺卻被鐵壁般的堡壘所阻擋。

「現身了嗎？雙頭龍！」

化為流動能源體的阿爾瑪特亞對著雙頭龍的側腹使出宛如風馳電掣的一擊，奇襲成功的阿爾瑪特亞用犄角深深貫穿雙頭龍的身軀。

然而這反而帶來不良的後果。

雙頭龍噴出代替血液的樹液，而這些樹液中誕生出更多魔獸。蛇蠍怪物們瞬間纏住阿爾瑪特亞的羊蹄，限制了她的行動。

「嗚！這種東西！」

她的體毛中迸發出閃電，燒爛蛇蠍怪物們解開束縛。

然而這短短的時間已經足夠雙頭龍甩開阿爾瑪特亞。

精彩通過星獸堡壘的雙頭龍一口氣奔向根據地的中心，可以感覺到氣息愈來愈強大的雙頭龍卻突然停下了腳步。

——叮鈴響起的鈴聲，還有劃開空氣的笛子音色。

是這兩種不同的音色刺激了雙頭龍的聽覺讓牠裹足不前。

「…………？」

然而雙頭龍才剛停止前進，森林中的樹木就一口氣對牠發動了攻擊。和受到雙頭龍支配的時候相比，現在的破壞力具備了不同等級的銳利。

樹幹化為成排的尖矛，樹葉成為利刃，大地形成頑強的拳頭痛打雙頭龍。每一擊每一擊都蘊藏著足以傷害雙頭龍身體的破壞力。

「GEEEYAAAaaa！」

面對樹海的反擊，雙頭龍發出淒厲的叫聲。

朽木雙頭龍這時終於察覺到——

包圍自己周遭的潔淨氣息。曾經墮落進魔道的土地如今甚至散發著神聖的空氣，如果光是被土地神奪走支配權，應該不會演變成這樣。

——這已經不是土地神的所作所為。

而是大地女神等級的神靈在讓土地神殿化……！

「——領地形成，土地完成神格化……！直接上陣能有這種成果算是十分合格！沒有意見吧，阿爾瑪特亞！」

聽到飛鳥的呼喚，山羊星獸以高亢的鳴叫聲回應。將全身變幻成閃電的阿爾瑪特亞以閃電般的速度阻擋在雙頭龍的前方。

「這次我不敢自許了不起地評斷是否合格，反而該說是真的很精彩，主人。我沒有見過其他人能在這麼短暫的時間內完成如此完美的『神殿構築（Shrine Craft）』。」

阿爾瑪特亞毫不吝惜地送出稱讚。

然而同時，她也因為這份才能而感到畏懼。

——久遠飛鳥擁有能賦予模擬神格的非凡才能。

握在她手中的破風笛是傑克將隸屬於「Grimm Grimoire Hameln」的神隱惡魔，拉婷的魔笛加以改造後製成的裝備。

原本這是演奏出美妙音色並操縱人心的恩賜，但是透過傑克的改造，現在已經變成「以劃開空氣的聲音來傳達使用者心意」的恩賜。

如果給其他人使用，這只不過是用來傳遞情報的恩賜；然而如果由能夠透過口說神諭來賦予神格的飛鳥來使用，效果就非常強大。

涵蓋廣範圍的土地神格化、拘束敵方行動、強化恩賜與同志。

這一切都能夠在一次行動中全部達成。和身為鐵壁般護盾的阿爾瑪特亞組合後，即使稱呼

為「神殿堡壘」也不為過。

這兩項正是為飛鳥量身訂做的恩賜。

（超越常規的才幹……！毫無疑問，主人是為了成為神群之長才誕生的高貴人物。）

然而如果真是這樣，會產生幾點疑問。

首先最大的疑問是飛鳥的身體。

假設阿爾瑪特亞的判斷正確，飛鳥的身體確確實實是個普通人類。是個會被風刮走，落地也會粉碎的玻璃器皿。

（據說主人的友人曾提出「返祖現象」這個推測，然而光是這樣並無法充分說明。最有可能的理論，是目前的身體只不過是暫時的棲身處——）

「阿爾瑪！別發呆！」

阿爾瑪特亞猛然回神。現在不是考察主人出身的時候，眼前的敵人才是第一優先。

和先前相反，這次換成全身化為金剛鐵流動體的阿爾瑪特亞反過來束縛住朽木雙頭龍。接著她從流動體變換成鋼鐵軀體，並開口激勵主人：

「就是現在，主人！」

飛鳥對著雙頭龍丟出灌入火炎恩惠的寶珠並揮動破風笛。

——叮鈴！笛子演奏出類似鈴聲的樂音。

下一剎那，寶珠就化為經過超壓縮的灼熱光線並燒毀了朽木。那原本只不過是擁有發火恩賜的寶珠，但經過靈格最大化後，瞬間產生等同於煉獄的破壞力。

貫穿樹海的灼熱光線擊中山腳，製造出巨大的空洞。

「GEEYAAAaaa！」

朽木雙頭龍的全身被燒毀了八成，整個癱垮倒地。

發出最後慘叫的雙頭龍回歸大地，再也沒有任何動作。

「成……成功了……！」

氣喘吁吁的飛鳥擦去反光的汗水，細細品嚐勝利的實感。對於飛鳥來說，這是她第一次如此輕鬆穩定地打贏敵方的主力。

（這就是「神殿構築（Shrine Craft）」……居然光靠手邊的恩賜就能如此順利。如果再加上迪恩和梅爾，說不定能發揮出更強大的力量……！）

地精的梅爾、神珍鐵的迪恩，山羊星獸的阿爾瑪特亞。

要是一切都能順利配合，或許也有可能展開至今不曾有過的遊戲控局。

阿爾瑪特亞從燒灼痕跡中發出蹄聲回來，甩著也被燒焦的體毛並送上稱讚：

「輕鬆獲勝，真的很精彩，主人。面對那隻龍居然能做到這種地步……老實說，我還以為主人是更加不成材的少女。」

「……這種事情不要講出來偷偷藏在心裡才叫作優秀的僕從啊。」

飛鳥手扠著腰嘆了口氣。

在此同時，巨大山峰的頂端被激烈的光芒包圍。

從另一端吹來的熱風甚至到達飛鳥她們所在的位置，即使閉著眼睛也會被極光貫穿。

飛鳥舉手護住臉，同時看向巨大山峰所在的方位。

「這個光芒……應該是十六夜同學的……！」

雖然飛鳥只見識過一次，但這個光和埋葬巨龍的光線相同。超出規格的力量輸出貫穿了箱庭的帷幕，甚至連星光也被吞噬。

兩股巨大力量之間的衝突慢慢平息，通過了夜晚的森林。

「……真讓人吃驚，面對阿吉．達卡哈，居然現在還在戰鬥。」

「十六夜同學……！」

他還活著，十六夜還在戰鬥。這個事實讓飛鳥的表情變得比較開朗。

她凝視著手中的破風笛——「哈梅爾的破風笛」，突然開口：

「……阿爾瑪，我也有充分的戰鬥能力。這樣應該可以去幫助十六夜同學……」

「不行，那樣等於是去自殺。」

阿爾瑪特亞立刻回答，她以不由分說的語氣打擊飛鳥的意志。

「要說有誰能夠幫助他，只有天軍——以武神構成的上層共同體。只要他們開始行動，阿吉．達卡哈也會再度被封印吧。我們能做的事情，只有祈禱天軍能盡早做出反應。」

「……能相信嗎？那些叫作天軍的神明大人們。」

「當然。他們是負責狩獵那些即使是『階層支配者』也無法對付的最古老魔王的專家，因為他們是以護法神十二天為首，成員來自各神群的武神集團。此時此刻，『箱庭貴族』們應該正在向帝釋天報告吧。」

「──咦？」飛鳥發出感到意外的叫聲。

「阿爾瑪，妳剛剛說的……是什麼意思？」

「？正如字面上所示，召喚及邀請天軍是『箱庭貴族』的特權。他們的根據地『月影之都』中存在一道名為『忉利天』，由天軍專用的『境界門』，從那邊──」

「可是『箱庭貴族』在兩百年前就已經滅亡了。」

──阿爾瑪特亞一愣，微微歪了歪頭。

是因為聽到飛鳥這出乎預料的發言而讓思考完全停止了吧。雖然兩人的交情尚淺，不過飛鳥察覺到她的這個反應肯定很罕見。

暫時停止思考的山羊──才一恢復神智，立刻咬住飛鳥的衣服，驚慌失措地開始奔馳。

「這……這麼重要的事情為什麼沒有早點告訴我！」

「因為是兩百年前發生的事情嘛！正常來說當然會認為妳也知道啊！」

「別頂嘴！我可是沉睡了千年以上啊！怎麼可能會知道呢！」

確實如此。阿爾瑪特亞在前陣子還是一堆毛皮，當然不可能清楚世間的情勢。

「不妙……這是不妙到最糟的情況，主人！既然忉利天無法使用，就代表護法神十二天以外的天軍將會基於獨自的判斷前來！」

「？這樣會不妙嗎？」

「糟透了！根據被派遣來的武神，甚至有可能比阿吉·達卡哈更惡劣！如果是希臘神群或北歐神群還能請他們賣我面子，算是有救的情況……然而萬一受到召喚的是斯拉夫神群或天使們，最後說不定連北區都會整個被毀滅……！」

「什麼！」飛鳥嚇得啞口無言。這樣一來是本末倒置。

為了消滅魔王，打算將城鎮連同魔王一起燒毀嗎？

「那算什麼……根本不正常吧！」

「沒辦法，一部分的武神和天使們等於是沒有意志的暴力裝置。因為他們是一些只要能達成『戰鬥並獲勝』這個目的，其他都無關緊要的傢伙們……！」

「可是就算那樣做，也無法徹底打倒那隻三頭龍吧？」

聽到飛鳥的指責，阿爾瑪特亞以苦悶的態度點頭。

「……是的，即使犧牲一個區域，也頂多只能封印吧。」

「嗚！真是太差勁了！神明在我心中的地位狠狠慘跌！」

飛鳥以極為冰冷的語氣如此說道。雖然想說的話還多如小山，然而現在卻不是講話的時候。如果阿爾瑪特亞所言為真，她們必須立刻逃離北區。

（可是……如果這樣做，那十六夜同學他……！）

十六夜還在那巨大山峰上戰鬥。

他還活著。

可是身為同伴的自己，卻連趕去他身邊助陣都無法辦到……！

「我明白主人妳的心情！但是現在請思考如何逃走的問題！如果趕來的天軍是奧林匹斯的同志，一定會幫助他……！」

「嗚……」

焦躁不甘、痛恨自己無用的自責、以及滿腔的歉意，讓飛鳥簡直快要發狂。

即使如此，她還是只能強迫自己接受。

畢竟，這就是自己目前的實力。

*

——春日部耀的戰鬥從頭到尾都呈現一面倒的情勢。

她雖然面對兩隻雙頭龍，但自始至終敵人的凶爪都沒有碰到她。心技體、攻防速，還有身上具備的恩惠。

春日部耀在各方面全都壓倒性地勝過雙頭龍，以不到一分鐘的時間就打倒了敵人。

目睹這壓倒性力量的難民們仰望耀的眼神，也像是在看著什麼讓人畏懼的存在。

「好厲害……！」

「那個人類真的打倒了那些龍！」

「那……真的是人類的力量嗎？」

火龍隊自不必說，連接到襲擊報告而趕來現場的曼德拉也因為目睹發揮出金翅鳥力量的耀而張口結舌。

然而當事者的耀沒有空介意這些。

「嗚……好痛……」

她強忍著疼痛並大口喘氣，然而她身上沒有任何敵人造成的傷口。

大鵬金翅鳥放出的金翅火焰不但能抵擋物理攻擊，連灼熱的噴火也能完全消除。因此奪走她體力的原因並非是敵人的攻擊。

而是由春日部耀本人放出的金翅火焰在消耗她的生命。

「耀小姐……妳怎麼這樣亂來……！」

金翅火焰不只燒燬敵人，也燒燬了耀的雙手。

白皙的肌膚被燒得焦黑潰爛，指尖由於疼痛而痙攣。即使看在旁觀者的眼裡，也能明白這是因為她使出了超出自身負擔的力量而遭到了反噬。

「可是……如果只是這樣並不成問題。因為傷口會痊癒，疼痛也只要忍耐……！」

然而——生命卻是一旦死亡就完全結束。

能和各式各樣的動物對談，有時還會一起生活的春日部耀很清楚世界的殘酷。

家畜有著自己身為食用肉品的自覺，活餌也有自己身為飼料的自覺。

對於生活在二〇〇〇年代之後的人類來說，能夠理解動物語言的狀況絕對不會只帶來好事。反而如果是一般人肯定已經發瘋了。

弱肉強食，遭到淘汰的意志和生命。

即使跨越世界的藩籬，這種理所當然的存在方式也依舊健在。

正因為春日部耀理解這些，所以才能立刻融入這個世界。

正因為她明白這些，才很清楚目前無論如何都該做什麼。

（剛才那道光是十六夜的恩賜。既然這樣——應該還來得及……！）

耀握緊燒焦的雙手，劇烈的疼痛可以靠情誼和骨氣來克服。

然而，也有光靠這些無法跨越的障礙。

「嗚……咦……？」

毫無前兆，『生命目錄』解開變化恢復成項鍊。甚至連飛翔都辦不到的耀往下墜落，突然在半空中現身的維拉伸手——

「哇噗！」

……卻沒接住她。耀從維拉的手中滑落，以臉部撞向維拉胸前的起伏。千鈞一髮之際是由迪恩擋下了她們。

「耀，沒事嗎？」

「啊……嗯……謝謝。不過，為什麼突然——」

耀不自然地停口，讓維拉感到很詫異。

只見耀正帶著驚愕表情凝視著自己的下半身。那視線彷彿是在看著什麼難以置信的東西，同時也像是在看著冷酷無情的現實。

「……我的腳，不能動了。」

「咦？」

「我……我的腳不能動了……！完全沒有反應！怎麼會！為什麼在這種時候！」

耀發出錯亂般的叫聲，這是兩手的傷完全無法與之相比的衝擊。

心想該不會發生那種事的耀試著豎起耳朵集中聽力。

雖然她提高五感敏銳度並觀察周遭狀況，但是卻沒有得到比普通人更多的情報。

「恩賜……恩惠……消失了……？」

耀的臉色一口氣發青，這不僅是心情造成的變化。

她的身體也開始急速衰弱。

（不行……！雖然我已經決心面對任何風險，但只有這個不行……！）

耀一陣猛咳並倒了下來，她的眼中浮現出悔恨的淚水。

根據格萊亞的發言，耀以為必須扛起自己變成怪物的風險。然而現實卻相反，使用超過自身水準的力量後，代價是恩賜和情誼都消失了。

「這樣無法去幫助十六夜……成為朋友的證明也消失了……我……我……」

曾經掌握在手中的事物無聲無息地崩潰。

不管是父親給予的雙腳。

還是超越種族的友情。

甚至連跨越世界後培養出的情誼也一樣，所有一切都回歸於虛無。

「——哼……哈……哈哈哈哈哈哈哈！哎呀哎呀，這真是從沒想過的意外幸運！看來力量的代價遠比想像更嚴重呢！」

耀和維拉猛然抬起頭，兩人對這帶著嘲諷之意的大笑聲都有印象。

下一瞬間，放出熱風和冷風的馬克士威魔王在兩人面前出現。

「讓大鵬金翅鳥顯現時真是嚇得我膽顫心驚……哼哼，沒想到需要這種代價。看來連上天都支持我的戀愛之路。」

馬克士威用右手掩著臉，發出陰險的笑聲。

維拉因為那讓人毛骨悚然的笑聲而陣陣發抖，不過現在不是害怕的時候。她鼓舞著顫抖的雙腳，站起來擋在耀身前。

「馬克士威，這次我不會輸給你……！」

「哎呀！新娘妳可千萬別誤會，我來此的目的並不是為了戰鬥，我只是來迎接身陷這個絕境的妳而已。」

「噁心！」

「哈哈，看妳這麼高興真是太好了！」

維拉立刻回答，馬克士威卻沒有在聽。

然而無論他多麼自我陶醉，這個魔王依舊是危險的存在。尤其是今天的馬克士威眼裡還蘊含著比平常更強烈的瘋狂。

「維拉，在上次之後我也反省過了。的確，至今為止的我無謂地過於盡心盡力，結果反而造成妳無法率直地來到我身邊。我自認自己現在已經能察覺這些問題了。」

「噁心死了！」

「所以我再度真摯地重新思索，到底該怎麼做才能讓妳率直地來到我身邊呢——是了，至今為止，都有讓妳無法過來的理由。所以我決定逆向思考。」

馬克士威把右手舉到肩膀左右的高度。

看到這動作的維拉和耀已經做好了心理準備。

——然而，馬克士威的奇異行徑卻遠超過兩人的想像。

「簡單來說——我只要製造出妳不得不過來我身邊的狀況就可以了！」

啪！他打響手指。隨即另一端升起一道火柱。

位置距離這條道路並不是很遠，大概剛好是走完這條道路會到達的地方吧。

察覺到這事實代表的含意，讓兩人極為訝異。

「這條道路的盡頭……難……難道是！」

「你破壞了『境界門（Astral Gate）』？」

「哈哈！正確答案！距離鄰近的『境界門』……好啦，究竟有幾萬公里呢？」

馬克士威得意大笑。正常來說，無論是什麼樣的魔王在破壞時也只會放過「境界門」，因為一旦這樣做，就等於是把整片土地丟向了小型行星。

然而這個常識卻無法套用在馬克士威魔王身上。

因為對於能夠空間跳躍的他來說，「境界門」等於是根本不存在的東西。

「哼哼……那麼，這是威脅，維拉。如果妳願意成為我的新娘，我也可以用我的力量來救助妳的朋友和難民們。」

「嗚……！」

居然使出這一招！兩人苦悶地狠狠咬牙。

如此一來，帶著避難居民的「No Name」等於是面對了被將軍的棋局。為了脫出這個絕境，他們恐怕只能接受馬克士威的要求。

（怎麼會這樣……這是在能想像到的情況中最惡劣的一著……！）

而且時機也很糟糕。

耀失去了恩賜，也不知道阿吉・達卡哈何時會從背後襲擊。一旦表現出有意拒絕的態度，馬克士威就會真的把耀他們丟棄在這片土地上吧。

因為如果是能夠空間跳躍的維拉，即使只剩自己一個人也有能力逃離此地。

（我該怎麼辦……？到底該怎麼辦！）

第四章

遠處響起咆哮聲。

被埋在瓦礫堆中的十六夜因為野獸的吼聲而清醒。

「……雖然是自賣自誇，但我還真耐打啊。」

他喀地吐出一口鮮血。遍體鱗傷是不需要說明的事實，反而該說現在是希望有人告訴他哪裡還沒受傷的狀況。痛覺早就已經麻痺，血液也緩緩地繼續流出。

全身每一根骨頭每一條肌肉都已粉碎。

這種狀態下還能活著反而會讓人覺得很搞笑。

「……我輸了嗎？」

「沒錯，是你輸了，人類。」

啪唰！三頭龍拍著翅膀降落。他也絕不能說是無傷，手腳都因為剛才的衝突而受傷，正在淌著大量的鮮血。

和十六夜不同的地方，大概是那些傷口沒有任何一處成為致命傷吧。

「嘖……什麼啊你這傢伙，這樣不是跟無傷沒什麼兩樣嗎？」

「當然。你我的力量幾乎完全抵銷，如果不是這樣，就無法說明你為何還留有一條命。」

「是這樣嗎？」彷彿這是什麼無關緊要的事情，十六夜隨口回應。

然而不可思議的是，他的心情並不差。

雖然徹徹底底地輸了，但這不是會留下悔恨的戰鬥。他已經試過所有能辦到的行動，也已經用盡了每一個可以使用的手段。

既然這樣還是無濟於事，只不過是代表自己能力不足。

「算了……反正有爭取到時間。如果是大小姐和春日部他們，應該能順利逃走吧？畢竟那幾個女孩可不是遭到區區三隻蜥蜴追殺就會手足無措的傢伙。」

十六夜保持仰躺的姿勢放鬆力氣。

他以「人為刀俎，我為魚肉」的態度交出了自己的身體。

然而三頭龍卻嘲笑了十六夜的這種態度。

「原來如此，意思是三隻不夠嗎——哼哼，這真是讓人愉快，看來我流出的鮮血不會白白浪費。」

「——什麼？」十六夜輕輕抬起頭。

原本都躺著仰望夜空的他，到現在終於明白周遭的狀況。

由於兩人的衝突，巨大山峰有一半以上已經消滅。然而這件事無關緊要。

在夜色裡，紅玉般的眼睛散發出詭異的光輝。

而且數量不只十或二十。即使十六夜只有抬高腦袋觀察，也可以隨便就看到超過數百隻紅色眼睛般照亮了夜晚。

「……哈！這玩笑開得太過分了吧，可惡……！要是有這麼多神靈，下層恐怕轉眼之間就會毀滅……！」

「確實如此，不過那樣也算是一點樂趣吧。」

三頭龍以沒有起伏的音調拋下這句話。

然而這句話卻點燃了十六夜身為快樂主義信奉者的最後自尊。

「你說這是一點樂趣？哼！別胡扯了你這隻遜龍！聽你那種不帶任何興致的語氣，這句話根本沒有說服力……！」

十六夜撐起身體，狠狠瞪視三頭龍。

他已經無力挑起戰鬥。

因此十六夜決定以譴責來挑戰眼前的魔王。

「阿吉・達卡哈──『惡』之純神，你的目的到底是什麼？」

「…………」

「別裝蒜了你這遜龍……！既然提及樂趣，表示你應該具備明確的欲望和目的！那麼，那個目的到底是什麼？譬如其他魔王也都是如此，你應該也抱著某種自私自利又自我中心的理由，難道不是嗎？」

在無論何時被殺都不奇怪的狀況下，十六夜賭上全副精神提問。

這是向來以隨心所欲為所欲為的態度生存至今的他所提出的最後譴責。

「假設……假設破壞活動就是你的目的，那也可以。如果是在比較過彼此的欲望多寡，經歷過互相廝殺後敗北，那我也能接受——但是你不一樣！即使戰鬥得如此激烈，即使破壞得如此徹底，你依然沒有感到滿足！就算之後你殺死我，還是一樣不會滿足吧！那麼你的目的，你的欲望——還有正義究竟在何方！」

十六夜連續怒吼，完全不在意從五臟六腑中流出的鮮血。

要是沒這樣做，即使死了，他也絕對死不瞑目。

這個魔王接下來必定會將箱庭世界徹底破壞成斷垣殘壁吧。

無論是大樹的根部，還是位於境界壁旁的黃昏城鎮，或是「No Name」根據地所在的寂寥舊街區。

他都會毫無區別地把十六夜至今深愛的所有事物全都破壞殆盡。

——對於自己沒能成功保護這一切，十六夜率直地感到悔恨。

對方如果是沒有自我意志的暴力，他還能夠乾脆放棄。

倘若是如同風暴、如同海嘯、如同雷雨那般平等侵襲世界一切的強大力量，也無所謂。

然而這隻三頭龍卻不同。

即使他踐踏蹂躪了一切萬物，應該依舊抱持著某種該達成的目的和意志。

「這是我逆廻十六夜……人生最後的問答。回答我吧，魔王阿吉・達卡哈！你背後擔負的『惡』文字的真正意義究竟是什麼……！」

就像黑死病的魔王渴望向太陽復仇。

還有吸血鬼的魔王期望能肅清一族。

十六夜對著這個被稱頌為魔中之魔王的三頭龍，開口質問他的理由和真正的價值。

「你想知道吾之正義的所在……嗎？」

「真是個讓人不無聊的人類。」三頭龍笑著說道。他真摯地接下了這個決鬥的要求，作為最後收尾的問答。

三頭龍抬頭望天，三個腦袋上的六隻眼睛各自看往不同的方向。

紅玉之眼映出了無數歲月的另一端，呈現出沉靜平穩的氛圍。

明明那身影是異形的怪物，卻讓人覺得是個非常莊嚴的存在。

「到今天為止，我把映入眼中的一切萬物都悉數摧毀粉碎。無論是生命、都市、文明、社會、繁榮、秩序、犯罪、社會矛盾造成的危害、橫行的正義與醜惡，包括一切萬物。我如同風暴、如同海嘯、如同雷雨那般，對世上一切毫無區別地露出獠牙。但是——我並非『天災』。我是基於單一意志，身為單一生命體，並任憑衝動來製造出原本應該只有天災才能帶來的破壞——這種存在已經不能稱為天災，而是全世界有義務團結為一並將其消滅的巨大邪惡。因此我這一身，我的惡之文字，才正是所有英雄豪傑要到達的最後高峰……！」
三頭龍的眼中放出銳利的光芒。
刻劃在深紅布料上的「惡」之旗幟激烈晃動。
肩負著這獨一無二文字的魔王，以三對眼眸中的六隻眼睛對著十六夜說道：

「跨越吧——吾之屍首上才有正義……！」

總有一天某個人，會手持光輝之劍討伐魔王。
將自身之死敬獻給「正義的勝利」。
三頭龍身為善惡的二元論，身為應受懲罰的最初考驗，聳立於世界之上。
「……是……嗎……」
原來是這樣嗎？十六夜放鬆力氣抬頭望天。
凝視著滿天繁星的眼裡，不復有先前的鬥志。竭盡生命提出的問答，已經被不屈不撓的決心駁倒。
——以一己之生命示惡，以一己之死亡立善。
並藉著那鮮明的生涯，來闡釋理應相反並互斥的二元論。
他背後擔負著的「惡」之文字，是直至保證會到來的終局為止，都會奮戰到最後一刻的決

心。也正是絕不逃避「勸善懲惡」之不屈意志的證明。這隻怪物毫無猶豫地試圖完整執行被賦予的教義，而他的背後，閃耀出和那些以一己之身扛起信仰的聖人們相同的尊貴光輝。

「哈……我輸了，真的輸了！原本打算狠狠喝斥，結果卻反而慘遭痛喝。可惡！居然連舌戰都吞下敗仗嗎！再怎麼尷尬丟臉也該有限度啊！」

然而這樣就夠了。十六夜得到想要的答案，也找到想找的東西。

那是他一直、一直，從被召喚進箱庭後就一直一直一直在尋找的最棒寶物。

十六夜把似乎隨時會燃盡的生命集中到拳頭上，興高采烈地邁開步伐往前跑。

「你……你就是魔王嗎？阿吉．達卡哈——！」

已經沒有策略，然而也沒有恐懼。只有彷彿會衝破胸口的雀躍心跳。

赤手空拳在諸神的箱庭中馳騁闖蕩的少年使勁握緊自己的全心全力，朝著最後的高峰奔馳而去。

暫且離題

——倒回一大段時間。

*

在「Underwood」收穫祭結束後又過了約兩週的時期。

白夜叉要辭去「階層支配者」之位的消息以風馳電掣之勢傳遍了箱庭。這個話題以光速也甘拜下風的傳播速度擴散，甚至讓對她心懷怨恨的人們都騷動激憤了起來，製造出數量極為龐大的襲擊者。

然而身為最強「階層支配者」的白夜叉當然沒有向後退。

她迎接這些聚集成群的惡鬼羅煞，接受了所有人的挑戰。

——然而。

「嘿！」

「「「「嘎啊啊啊啊啊啊啊啊啊被打敗了啊啊啊啊啊啊！」」」」

她只揮動一次衣袖，就輕輕鬆鬆地分出了勝負。

不僅如此，白夜叉甚至反過來對這些軟弱的挑戰者大發雷霆。

「真是！這樣不是連迎送會的餘興節目也算不上嗎！沒有更強一點的傢伙嗎！」

——講完這些，她緊急企劃了「白夜叉大人一行☆狩獵惡徒行程」。

直到離開下層的最後一秒為止，她都幹勁十足地處理工作。

「嗚哇……白夜叉大人真的一點都沒變呢。」

嗯～！辦公桌前的黑兔伸了伸兔耳。

她的桌上整理好了「No Name」這幾個月以來的活動紀錄，這是和白夜叉退任有關的文件之一。

同時也是透過報告白夜叉以「階層支配者」身分對下層的發展做出了多少貢獻，讓她再度被任命為「階層支配者」的時機能夠多少提早一些的活動之一環。

「不過試著像這樣歸納之後……該怎麼說呢，結果卻成為統整十六夜先生他們的問題兒童行徑的報告書了。」

呼～黑兔的眼神飄向遠方。

問題兒童的活動紀錄——等於是身為保護者的黑兔的勞苦日記。被他們耍得團團轉的日子轉眼間就過了數個月。

光陰似箭這句話講得真好，時光的確流逝得很快。

「……要是沒有白夜叉大人，我們『No Name』根本不可能存在。人家要好好整理自己的熱誠心意，希望她能早日回歸！」

嗯！黑兔握起雙拳並伸直兔耳。

然而因為她鼓起幹勁的動作太激動，導致整疊報告書被撞倒散落。

「哇……哇哇哇……！」

黑兔慌慌張張地伸手拿起文件放好。

這時她突然注意到資料上的文字。

「『Underwood 活動紀錄』……？唔唔？這是什麼？」

她隨便看了一下內容，以時期來說應該是舉拜收穫祭的幾天前吧？這大概是黑兔還在根據地待機時的報告書。

肯定是其他成員整理好的活動紀錄。

「……差不多是休息時間了吧。」

黑兔東瞄西看，確認沒有其他人在場。

今天稍後還要舉辦白夜叉的送別會，所以即使把原本工作告一段落應該也沒有問題吧。
黑兔泡好在後院採收的茶，重新在椅子上坐下。
現在是送別會前的短暫安靜時間。
她決定要閱讀這份自己不知道內容的問題兒童活動紀錄。

「——十六夜小弟，這就是存活於現代的……新時代的鍊金術……！」

*

——「Underwood」貴賓室，逆廻十六夜的房間。

現在是世界已經沉入夜幕的時刻。十六夜夢到過去的往事，不由得面露苦笑。

「……哈！還真是讓人懷念的夢啊。」

應該是大瀑布傳來的水聲讓十六夜聯想到當時的事情吧。挖穿大樹樹幹建造而成的這間貴賓室隨時都聽得到流經樹根的河川以及瀑布的聲音。不過這絕不是讓人聽了厭煩的噪音，反而好像經過了特殊設計，讓水聲能形成搖籃曲般令人舒暢的聲響。如果想要充分體驗享受巨大水樹的脈動，這裡是最為完美的構造。

十六夜一邊聽著水聲演奏出的搖籃曲，同時細細品嚐著過去的回憶。他在用樹根鋪成的床

上動了動身子，並以空虛的眼神盯著木頭雕刻而成的天花板。

——打倒巨龍後已經過了一星期。

「龍角鷲獅子」聯盟和「No Name」雖然驚險地取得了勝利，然而也不是能立刻舉辦收穫祭的狀態，因此決定先休息一段時間後再度舉辦。

而他們擊退魔王的功績獲得稱許，因此有許許多多的支援物資和前來救援的共同體開始聚集到「Underwood」的地下都市中。看這進度，預估大概半個月後就能夠再度舉辦收穫祭，也可以執行南區的「階層支配者」的就任儀式。

「No Name」眾人也為了協助收穫祭再次舉辦而留在「Underwood」。由於他們行動時打著「和魔王有關的所有麻煩都可以接受委託」的名目，因此正式地承接了來自「龍角鷲獅子」聯盟的委託。

然而十六夜只有在一開始的兩天有興高采烈地參加復興工作，他把瑣碎的作業全都交由久遠飛鳥和春日部耀處理。

「…………」

為了避免誤會，這裡要說明十六夜並非是對復興作業感到厭煩。

觀賞據說是由莎拉發明，讓水樹樹液進行結晶化的作業很有趣；至於讓成品和木材組合，逐漸架構起具備透明感的結晶水路用地基的工程，也有讓人讚嘆佩服之處。

這是只有在充滿恩惠的箱庭世界中才得以確立的建築技術。

獸人和幻獸們的建築現場使用著時而古典時而前衛的施工法，具備了甚至能讓人觀察一整天的魅力。

「……噢，所以我才會想起那麼久以前的事情嗎？」

十六夜在樹根鋪成的床上轉了半圈，露出似乎想通了的笑容。

睡意已經完全消失。他在床上滾來滾去，過了一會突然響起克制的叩叩敲門聲。

「呃……十六夜，你還醒著嗎？」

「嗯？春日部嗎？門沒鎖。」

十六夜翻身讓臉朝上並邀請來客進入房間。春日部耀先從門縫後方探出臉，才帶著緊張表情走進十六夜的房間，手上還拿著一個小包裹。

看到耀的模樣，十六夜立刻察覺她的來意。

（……是為了耳機的事情吧。）

十六夜摸著總是亂翹的頭髮思考，總覺得事發之後似乎已經過了好一段時間。

在高濕度的「Underwood」，剛起床時頭髮總是像獅子頭一樣整個亂七八糟，讓十六夜覺得頗為傷腦筋。而耳機原本是用來壓住這些亂翹的頭髮……換句話說，那是不具備更進一步重要性的物品。結果春日部耀每次和他視線相對時，卻都會立刻逃離現場只留下尷尬氣氛。她在這一星期以來的行動，除了讓人覺得麻煩以外再也沒有其他意義。

原本舒服的心情一整個往下掉，但聆聽對方解釋也是身為被害人的義務。十六夜撐起身子，在床上盤腿而坐。

他沒好氣地發問。

「所以？這麼大半夜的過來是有什麼事？」

耀彎身在地板上跪地端坐。她的表情呈現出以前不曾有過的僵硬，讓人看得出來她究竟是多麼緊張。

「呃……因為發生了很多事所以拖到現在……其實你的耳機已經在巨人族來襲時壞掉了……」

「喂，順序錯了，首先該說明拿走耳機的理由吧。」

「啊嗚……」正襟危坐的耀把身子縮得更小。

雖然十六夜並沒有在生氣，但既然要解釋，他希望耀能按照順序來說明……是說，耳機果然已經壞了嗎？

為了避免誤解，要先說明十六夜並非對那個耳機有什麼執著。他只是茫然地想著要是沒有耳機以後頭髮就難整理了，同時聽著耀按照順序一一敘述。

包括三毛貓把耳機偷走的過程。

巨人族在收穫祭時發動襲擊的事情。

還有耳機在那時被埋進宿舍下面的情況。

聽到這邊，十六夜以傻了眼的態度呼了口氣。

「……妳運氣真的差到簡直讓人反而覺得痛快的程度耶。」

「是……是這樣嗎？」

「嗯，正常來說不會連續發生那麼多偶然。而且根據剛才的敘述，我覺得春日部妳並沒有過失。」

十六夜帶著想讓話題快快結束的心態這樣說道。

然而耀卻明確地搖了搖頭。

「那種講法不對，畢竟責任歸屬該由身為三毛貓飼主的我負起。要是讓這件事不清不楚地隨便了結，對彼此的關係並沒有好處。對於生活在同一屋簷下的同志，應該要盡到最低限度的禮儀。」

……耀以堅定的眼神回望十六夜。

十六夜至此才終於把焦點真正放到春日部耀身上。

他恐怕沒有料想到，這個對周遭都漠不關心的少女口中居然會講出「責任歸屬」這種話吧。

雖然程度很輕微，但他有點感到佩服。

耀提起幹勁，繼續說道：

「而且，我聽蕾蒂西亞說過了，那個耳機是十六夜你的家人製作的東西吧？那麼我更應該好好地按照規矩來處理。」

「哦？妳嘴上雖然這樣說，卻花了這麼多時間才來道歉。」

十六夜帶點調侃地這樣說道，讓耀把身子縮得更小。

「這是因為那個……在下決心還有準備時多費了一番功夫……」

「準備？」

「我之前準備了代替耳機的東西，但是因為一些失誤所以弄丟了……為了把那東西找出來，不知不覺之間就過了一個星期。」

耀把視線投向遠方。雖然說明時省略了很多過程，然而問題卻不只是這樣。她召喚出來的貓耳耳機後來有順利在吸血鬼古城的瓦礫中找到。耀原本因為找到耳機而開心不已，然而聽蕾蒂西亞講過關於耳機的情報後，情況卻改變了。

蕾蒂西亞得知竊盜事件和貓耳耳機的來龍去脈後，以嚴肅表情雙手抱胸說道：

「……那個叫作耳機的東西，不要交給他絕對是比較好的選擇。」

「果……果然是這樣嗎？」

「嗯。雖然我也不確定……但畢竟萬一發生了就無法挽回。」

「是嗎？感覺十六夜要是生氣好像很可怕呢。」

——嗯？蕾蒂西亞露出了感到不可思議的表情。（註：日文中「發生」跟「生氣」同音，右邊對話中蕾蒂西亞的意思是擔心「會『發生』什麼事情」，耀卻誤以為是擔心「會惹得十六夜『生氣』」。）

然而她對於不把這耳機交給十六夜的決定似乎沒有異議。

而且話說回來，「經常使用貓耳耳機的十六夜」在視覺上也會造成相當壓力。如果只是會火上加油，還是不要給他會比較妥當。

「結果，雖然我還是沒有準備好能用來代替耳機的東西……但又覺得要是繼續一直拖下去更沒有禮貌。所以我想在這場收穫祭裡面補償你……如何？」

耀歪著頭發問。

十六夜以一半無奈一半佩服的態度露出苦笑。

「既然妳已經考慮得這麼有計畫，那我也沒有異議……不過妳這人有這麼守規矩嗎？我對妳的印象是更不顧慮周遭的類型呢。」

「嗯。我目前正在全面進行自我改革，敬請期待一個全新的我。」

耀豎起大拇指並挺起胸膛。

這算什麼啊~十六夜強忍住想要狂笑的衝動。

*

「其實，我還有另外一件事情。」

耳機問題告一段落後，耀像是總算鬆口氣般地改變坐姿，把之前帶進房間裡的小包裹提來自己的前方。

小包裹裡面是在收穫祭上購買的黃金色堅果和大紅色果實搭配而成的拼盤。

「我也跟飛鳥聊過……覺得我們之間對彼此的事情實在太不了解，因為我們三個都不太會提到這些。」

「也是啦，畢竟我們才認識三個月左右而已，很難說是彼此相知相熟的關係吧。」

「嗯。所以決定今晚要來加深彼此的友誼，我想飛鳥差不多也該準備好紅茶要過來了。」

耀才剛這樣說完，房門外就在非常巧妙的時機響起久遠飛鳥的聲音。

「你們兩個已經談完了嗎？我泡了紅茶，要不要休息一下？」

「大小姐，妳時間抓得正好。房門沒鎖。」

「這樣啊，不過我的雙手都被托盤占據了，能幫我開個門嗎？」

「「不要！」」

「是嗎？謝謝。」

…………

……………………

………………………

「——你們兩個已經談完了嗎？我泡了紅茶，要不要休息一下？」

「大小姐，妳時間抓得正好。房門沒鎖。」
「這樣啊，不過我的雙手都被托盤占據了，能幫我開個門嗎？」
「了解。」
耀一打開房門，立刻聞到剛泡好的紅茶芳香。
飛鳥應該是在茶葉裡添加了收穫祭上買到的香草吧，即使是不清楚紅茶的耀也能立刻明白這是高級的茶葉。
然而把紅茶送來的飛鳥本人雖然臉上依舊保持著笑容卻也冒出憤怒的青筋。
「怎麼了呢，春日部同學？要是一直站在走廊上，高價又好喝的紅茶會冷掉喔。這樣太浪費了，可以請妳快點讓路嗎？」
「了……了解……」
看樣子他們弄錯了可以開她玩笑的時機。
飛鳥跨著大步走進十六夜的房間，接著在房間裡擺設的椅子上很有規矩地就坐。把紅茶放到桌上後，飛鳥來回看著兩人的臉孔。
「那麼，開始舉辦第一次的異鄉人聯誼大會吧。」
哇～飛鳥和耀都啪啪拍起手。
看到女孩組擅自在別人房間裡熱絡了起來雖然讓十六夜有點傻眼，不過茶葉和搭配點心的選擇還算不錯，因此他改變主意決定要乖乖當個陪客。

「算了，我就不計較妳們擅自跑到別人房間舉辦聯誼會的事情，不過既然主辦者是女孩組，接下來的控場也交給妳們了。」

「這當然，我們連題目都已經想好了。」

「嗯。我想第一次的聯誼會就來討論——『自己所屬時代的生活觀』吧。」

「……哦？」十六夜發出感到意外的聲音。

聽到兩人這種感覺內容會比預測更為充實的提案，點起十六夜的好奇心。

正因為十六夜原本還以為她們會舉辦一場類似高中女生茶會的聯誼會，所以這個題目才會強烈引起他的興趣。

「真意外，我本來以為大小姐和春日部對於這種ＳＦ相關話題沒有興趣。」

「沒那回事，你們不覺得能和來自不同時代的人交談，是相當有知性又美妙的會話嗎？」

「我倒是沒有什麼興趣……不過觀察你們之後，感覺我應該是從最未來的時代被召喚至此。所以我想若從提供話題的角度上來看，大概還有點價值。」

自稱未來人的春日部耀帶著微笑來回看著兩人。

觀察十六夜和飛鳥後會覺得他們是來自過去的人，或許是因為看在耀眼中的兩人有什麼共通之處吧？

「那麼既然難得有此機會，就按照年代順序來發言吧……首先是從大小姐開始。」

「的確是這樣呢。」

兩人的視線集中到飛鳥身上。

——關於久遠飛鳥，兩人只模模糊糊地聽說過她是「財閥的大小姐」。然而他們並不確定生存於「第二次世界大戰」這個人類史上規模最大也是最後的戰爭才剛結束的時代的飛鳥，到底過著什麼樣的生活。即使基於這種角度也會讓人很有興趣吧。

然而和兩人的這種好奇心相反，飛鳥有點難為情地轉開了視線。

「雖然這是我的提案……但我對自己時代的風潮並不是那麼清楚。」

「意思是？」

「我以前有跟十六夜同學你提過吧？我一直都被送往女生宿舍。對於我來說，生活圈只有老家的宅邸和女生宿舍這兩個地方。所以對於戰後的日本人過著什麼樣的生活，我實在不是很清楚。」

飛鳥露出為難的笑容。和名字相反，她一直被迫過著籠中鳥的生活。對於只擁有封閉世界觀的她來說，這個主題似乎是個困難的題材。

「很遺憾，我似乎無法提供能讓你們感到有趣的話題。不過倒是可以聊聊久遠家是前五大財閥的事情，或是財閥解體政策幕後曾發生過的珍奇事件。」

「聽起來那也有那的樂趣嘛。」

十六夜呀哈哈笑了。

這時他突然以感到在意的態度發問：

「……我說，大小姐。久遠財閥是規模大到能夠代表日本的財閥嗎？」

「嗯，在我的認知裡的確是這樣沒錯。連憎恨自家人的我都這樣認為，說不定看在外人眼裡會覺得更加龐大吧。」

「……哦？」

十六夜稍微歪了歪頭，沉浸在思緒裡。

旁邊的耀舉起手來向飛鳥發問：

「那麼，再一個問題。聽說昭和時代的女性不穿會露出膝蓋以上的服裝，這是真的嗎？也沒有迷你裙或短褲？」

「當然，春日部同學和黑兔應該要更懂得身為淑女的矜持。」

飛鳥這位昭和女性代表斬釘截鐵地斷言。

氣候溫暖的「Underwood」居民還另當別論，連局部氣候相當安定的東區女性也過著露出腿部肌膚的生活，這現狀對於飛鳥來說恐怕難以理解吧。

然而耀喜歡便於行動的服裝，當然不可能因此改變。她只是隨便讓飛鳥的主張右耳進左耳出。

「最後再問一個問題，看在昭和代表的眼裡，對箱庭有什麼感覺？」

「我認為這裡是非常美妙的地方。畢竟無論是跨越大河的水樹，還是居住在這裡的居民，全都是一些在我們的世界裡根本無法想像的事物。」

飛鳥以斷定的口氣如此宣布。

耀也同意般地點了點頭。

然而對於飛鳥的這番發言，十六夜卻表現出輕微的不服。

「……大小姐，妳剛剛的發言涵蓋了我們所有人的世界嗎？」

「嗯，我的確有那意思。」

「如果真是那樣，我得要求妳訂正。雖然能橫跨河川的大樹確實不存在……但是在我們的世界裡卻也有著能和那東西相匹敵的事物喔。」

十六夜以像是在為故鄉世界辯護的態度如此宣言。

的確，沒有大樹這種超越常規的奇蹟……然而卻有能與之相較的事物。十六夜的眼中散發出略帶指責的光芒。

正因為飛鳥很清楚十六夜的博學廣聞，因此眨著眼睛表示驚訝。

「在我們的世界裡，也有和『Underwood』一樣驚人的事物嗎？」

「嗯。不過話雖如此，在大小姐的時代應該還不存在吧。」

飛鳥皺起眉頭，大概是在表示「這樣我哪可能會知道嘛」的意思吧。

正在啃著堅果的耀也微微歪著腦袋向十六夜發問：

「還不存在的東西意思就是指人造物？例如晴空塔之類？」

「不是，跟那種東西相比有什麼意義？這個比較對象也太奇怪了吧，既然是要和橫跨河川的大樹相比，當然要選擇同樣是河川上的景觀才公平。」

飛鳥和耀面面相覷，心中愈來愈是不解。

眼神中甚至開始慢慢出現懷疑的情緒。

「……真的有那種東西嗎？」

「有。」

「那麼接下來輪到十六夜時，希望你可以聊聊這件事。」

耀坐正姿勢，擺出打算仔細聆聽的態勢。旁邊的飛鳥也是一樣。

十六夜有點猶豫，但既然他先前已經以不服輸的態度來對應這件事，要是在這裡退縮，即使說是他的敗北也不算誇大其詞。

（這樣會提到金絲雀的事情……算了，也沒關係。）

一旦決定方針就會迅速開始行動，這是十六夜的優點。

他以空虛的眼神凝視著天花板，就像是在回顧著過去。

＊

——讓十六夜回想起並拿來敘述的往事，是年幼時和金絲雀一起去旅行的生活。

「你聽好了，十六夜小弟。娛樂不會自己過來找你，所以我們要主動走出去尋找。」

金絲雀甩著那如同金平糖的頭髮，挺起胸膛似乎覺得自己講了一番名言。從當天開始，她就把十六夜帶出日本，拉著他在世界各地到處亂晃。

……現在回想起來，這段旅行的記憶還真是相當隨興所至。感覺那時候只是毫無計畫地到處前往感興趣的國家。

不過，似乎只有一開始的旅行目的是由金絲雀事先做好決定。

他們的第一站是南美大陸。經過航空之旅後兩人前往的地方，是巨大到足以成為國境的河川。

也是以最大等級規模為傲的世界三大瀑布之一。

尼加拉瀑布、維多利亞瀑布、還有伊瓜蘇瀑布被總稱為世界三大瀑布，其中規模最大的伊瓜蘇瀑布是一個擁有壯大景觀，甚至被冠上「伊瓜蘇的惡魔」這別名的大瀑布。

這是每秒間都會有幾萬噸的水量持續傾瀉的大瀑布。人類對這無法與其相匹敵的巨大力量和姿態心生畏懼，並從絕對無法生還的伊瓜蘇瀑布下的深淵感受到神祕——因此稱呼其為「惡魔」，視為敬畏的對象。

*

「……所以那個惡魔能和『Underwood』相媲美嗎？」

「怎麼可能。的確那景觀很驚人，不過相較之下大樹還是占了上風。而且，我有試著跳入那個瀑布……結果惡魔卻根本不存在。」

聽到飛鳥的提問，十六夜就像是被掃了興般地瞇起眼繼續敘述。

＊

——「伊瓜蘇的惡魔」是十六夜剛認識金絲雀之後，第一個見識到的星球之神祕。他終其一生，必定都不會忘記那天的感動吧。

世界的廣闊與自己的渺小。

那是足以顛覆傲慢自尊心的景觀。

當時映入年幼雙眼裡的景象，是搖曳著翠影的青藍色河岸，以及和龐大水量一起流動的星球血脈。這種神祕性對於在日本這個狹小封閉空間內成長的十六夜來說，是非常大的衝擊。

就算他擁有超人般的力量，當時的十六夜也只是十歲左右的少年。

那時還只擁有年幼淺薄價值觀的十六夜，對於能讓自己感受到壯大神祕的伊瓜蘇瀑布產生了一縷的期望。

也就是或許有能和自己匹敵的怪物——「惡魔」真實存在的可能性。

然而幼小心靈第一次產生的期待感，卻在短短十五分鐘內就被徹徹底底地粉碎。

＊

「……難道你真的跳下去了？」

「當然。我甚至潛入伊瓜蘇瀑布的最深處進行確認……原來如此，那過度嚴苛到生物無法居住的環境和水流的確夠格被稱呼為惡魔的下顎，然而我期望見識到的『伊瓜蘇的惡魔』……卻連個形影都不曾存在。」

即使是人跡未至的深淵，一旦脫下名為神祕的面紗，也只不過是個普通的瀑布水潭。覆蓋並隱藏「惡魔」身影的大瀑布——在短短十五分鐘後，就讓十六夜大失所望。

「……咦？該不會我從那時候就註定命中犯水吧？」

「咦？」

「啊，不，沒什麼事。」

雖然繼續回想說不定會找出更多和水有關的受難記憶，但現在要以聯誼會的話題為優先。

＊

由於十六夜跳進瀑布時非常興高采烈，因此失落感也相對沉重。從瀑布深淵中浮上水面後

他並沒有上岸，而是任憑伊瓜蘇河的水流帶著他漫無目的地漂往下游。

如同腐朽漂流木般被帶往下游的十六夜在伊瓜蘇河和巴拉那河的匯流點被沖上河岸。金絲雀彷彿早就預測到會這樣，已經在岸邊鋪好藍色防水布等待。

她從包包裡拿出毛巾，一邊為全身溼透的十六夜擦拭頭髮，同時詢問他的感想。

「如何？你有找到『伊瓜蘇的惡魔』嗎？」

「……嗯，真相非常無聊。」

十六夜以不屑的態度這樣回答後，這臭歐巴桑居然開心地笑著說什麼：「啊哈哈～果然是這樣啊～什麼惡魔根本不可能真實存在嘛～」並在傷口上撒鹽。

十六夜雖然年幼，但絕對不是整天都在作夢。他從剛出生的時候就已經理解，人類會感到神祕的事物只不過是經過裝飾上色的幻想罷了。

對於擁有天賦才能的十六夜來說，他自己比任何人都更清楚，甚至過度明白神祕的真偽。

「…………」

或者——正因為如此，他才會憧憬並追求神祕。不管怎麼樣，「惡魔」並不存在。當十六夜認為以後應該不會再有機會來到此地，轉身背對河川的那瞬間——

「那麼，接下來就去參觀真正的神祕吧。」

「——什麼？」他只有短短的時間能高聲提問。

因為主張接下來才是重頭戲的金絲雀拉起十六夜的手擅自開始移動。

十六夜實在找不出話回應，只好乖乖被金絲雀拉著並跟在她後面前進。

他們從巴拉那河和伊瓜蘇河的匯流點往上溯流，不斷沿著河邊往前走。

這段期間內兩人講著一些沒有意義的閒聊，例如景色很美或是空中有沒見過的野鳥在飛等等，並朝著目的地走去。

途中看到路燈開始一盞盞逐漸亮起，金絲雀指著路燈對十六夜問道：

「十六夜小弟，你對路燈或城鎮的燈光有什麼想法嗎？」

…………？

「我一開始並不是那麼喜歡這些燈光呢。我覺得它們破壞了夜晚的風情，遮蔽了群星的光芒，甚至連對黑暗的原始恐懼也被這些燈光全面掩蓋。那種樣子，會讓人覺得世界上似乎只存在著人類社會的色彩。」

「…………」

人造的光芒逐漸覆蓋住全世界。

這並非比喻。只要人類的歷史持續發展，這顆星球散發出的光輝也會被人類繼續支配下去吧。所以十六夜並沒有否定，只是點點頭像是在附和。

然而金絲雀卻很明確地搖了搖頭。

「嘻嘻，不過這似乎是很膚淺的見識。我自認已經累積了形形色色的經歷，結果我的想法也依舊不夠成熟……嗯，人類果然很了不起呢。」

金絲雀上下點著金平糖般的腦袋，以非常愉悅的心情邁開步伐往前進。

讓身上的長大衣優雅隨風翻飛的金絲雀帶著十六夜來到的地方，是所在地距離伊瓜蘇瀑布約三十公里的伊泰普發電廠。

在巴拉那河上綿延約八千公尺的水力發電廠大壩吞下了幾億噸的水流再釋放，可以看到如同下顎般的出水口冒出龐大的霧氣和水花。

從岸邊眺望這景色的金絲雀指著人造的巨大牆壁露出笑容。

「嗚哇喔！好厲害！好長好寬好巨大！這間發電廠有一整面的高牆呢，十六夜小弟！」

金絲雀就像是個小孩子，興奮地指著發電廠大叫。

見識到這簡直不像是人造建築的巨大水壩，十六夜低頭看了看自己的雙手。

——原來人類的手，可以製造出那麼巨大的東西嗎？

十六夜曾經語帶諷刺地自我吹捧說：「上天不會創造出在我之上的人。」然而人類製造出的建築物卻讓十六夜感受到與伊瓜蘇瀑布不同的不可思議昂揚感與感動，他忍不住握緊雙拳。

這是突然變異的「個體」無法到達的技術精華吧？

而是以「物種」身分不斷堆砌演化樹的人類才能到達的……一個功績的證明。

「嗯，比想像中還要壯觀所以算是滿足吧？真的很了不起呢。如果是在這種地方製造出來的文化光輝，我也會很樂於接受。居然能汲取大河的清流，並轉變成星球的光輝……你不覺得這樣非常有詩意嗎？」

「…………」

來此途中看到的那些街燈。

還有訂下住宿處的城鎮裡的光輝。

金絲雀主張這一切全部都算是星球的光輝。

——據說這片如同斷崖般聳立的巨大高牆一年間製造出的電量，相當於核能發電廠的十倍。幾千幾億的質量從流動的河水變換成龐大的能量。既然能讓只是在自然界中流動的力量轉變成市區的燈火，轉變成星球的光輝，那麼——

「——十六夜小弟，這就是存活於現代的……新時代的鍊金術……！」

金絲雀凝視著人造的巨大高牆，以似乎帶著誇耀的態度如此說道。

就像是在祝福人類的發展，背對耀眼水景踩起舞步的她露出了微笑。

＊

語畢，十六夜拍了拍手示意已經結束。

「以上就是不輸給『Underwood』景觀的人類繁榮之軌跡……如何？即使只是大略聽過，也會覺得不輸給這個大樹的水舞台吧？」

「……嗯……是啊……」

面對自信滿滿的十六夜，飛鳥反而吞吞吐吐地回答。大概是無法相信在自己之後的時代裡會建造出那樣的東西吧。

盤腿坐在地上的耀以產生某種感慨的態度點點頭，然後用幾乎聽不清楚的音量喃喃說道：

「是嗎……在十六夜的時代，伊泰普遺跡還有在運作。」

「嗯？妳說了什麼嗎？」

「不，沒什麼。話說回來，十六夜你的養母是一個非常有活力的人呢。我有點想見見她。」

「是啊，要是沒有那傢伙，我想我大概早就已經無聊死了吧。」

「是嗎……真羨慕。要是我也能被那個人收養，說不定就能像十六夜同學這樣，被她教導了各式各樣的知識呢。」

飛鳥像是有點鬧起彆扭般地嘟起嘴。

十六夜也呀哈哈笑著回應。

——順便提一下，這段故事還有後續結果。

在那之後，感到很興奮的年幼十六夜只是基於一時興起，就出拳打爆了那宛如堡壘的巨大高牆。當然發電廠因此停擺，接受這裡供電的國家有一部分區域嚴重停電。被視為恐怖份子的兩人逃亡至國外的過程也自成一段插曲，不過十六夜這次似乎是故意略過這段不提。

「最後終於輪到自稱未來人的春日部發言了嗎？」

「嗯。不過，時間已經很晚了。」

「是呀，明天還要早起，今天就到此為止吧？」

雖然從貴賓室無法看到，但月亮已經升上了夜空的頂點。根據常識，兩名淑女長時間一直待在男性房間裡並不是什麼值得稱許的行為。

「話說回來，妳們兩個女孩組有在幫忙什麼工作？」

「其實也沒什麼重要的事情。就算是因為接下委託才來到這邊，但我畢竟無法參與建築現場。所以我主要的活動是針對巨人族的警戒工作。」

「嗯。我則是負責樹海方面的巡邏，還有幫忙收集樹木的堅果。因為還有佩利冬和魔獸殘留，所以好像很危險。」

飛鳥和耀似乎很煩惱地雙手抱胸。

「像莎拉明明受了傷，卻完全不肯休息。才剛剛可以站起來，她立刻就說什麼：『和魔王的遊戲即使落幕也會有威脅繼續殘存，身為議長的我怎麼能躺著不動！』之類的發言。」

「像這次是有魔獸，還有珮絲特那次好像也很慘呢。雖然黑死病的詛咒已經解除，但似乎發現了一大群身上還潛伏著黑死病的老鼠。」

原來如此……十六夜率直地表示驚訝。

回想起來，和巨人族間的舊恨或許也可以說是魔王遊戲的後續影響。防止第二次、第三次災害的發生應該也是「階層支配者」的職務吧。

「這下我才想起來，我們以前有跟擁有移動式馬戲團的共同體交戰過吧？那也是魔王遺留下來的東西嗎？」

「根據白夜叉所說，似乎是那樣沒錯。和哈梅爾的魔導書相同，那好像是魔王被打倒後也會繼續運作的舞台。」

「不過那個移動式馬戲團還挺有趣的。」

——時期方面，這是比收穫祭還早一點發生的事情。

據說沒有根據地而是以移動式帳篷在箱庭都市中旅行的馬戲團共同體來到了東區。在缺乏娛樂的東區，這個馬戲團一行是在鬧出一點小騷動的情況下被眾人接納。

然而那其實是困住觀眾後進行遊戲的移動式圓形競技場。

「雖然那東西似乎也只是還在運作的裝置之一，不過魔王遺留下來的物品如果都是那樣，應該會很有趣吧。」

「遭到被害的人們聽到這種話大概會很生氣，不過我也不否定。」

耀和十六夜忍著笑意並對著彼此點頭。

飛鳥打了個大大的哈欠，並有點不好意思地掩住嘴巴。應該是白天的勞動讓睡意也差不多開始發動攻勢了。

她遺憾地垂下肩膀，在最後提出了一個問題：

「那麼作為今晚的總結，我要給春日部同學另外一個題目。請告訴我們一個『在妳的時代的流行』。」

「……流行？例如服裝之類嗎？」

「舉什麼例都行，不過如果是能讓我們覺得春日部妳確實是未來人的流行那是最好。」

露出賊笑的十六夜以輕浮的眼神望著耀。要是依舊沒有證據，他並不打算認定耀是未來人吧。這真是壞心眼的行動。

耀暫時雙手抱胸像是正在思考。

——要簡潔，扼要，而且還要一提出就能讓人理解那是來自不同時代的流行。

雖然這是難度非常高的問題，但耀這天晚上的腦袋特別靈光。

「……我明白了。那麼，裝飾品之類也可以吧？」

「當然。」

飛鳥點頭答應。

略感意外的十六夜也點了點頭。

「好，那麼……我要介紹在我的時代中特別流行的耳機。」

「啥？」十六夜發出怪聲。

雖然這聲音的意思是他認為耳機哪可能有什麼流行不流行，然而耀卻毫不在意地把手放到耳朵上——

「在我的時代——兔耳耳機是世界性的流行。」

接著用雙手模仿兔子的耳朵。

十六夜和飛鳥都瞪大了眼睛——接著雙雙發出爆炸般的響亮笑聲，還在原地笑到打滾。狂笑到簡直會因為肚子痛而身子抽搐的兩人心中有著共同的念頭。

第一點，是想像到全世界都充滿了和那個總是犧牲奉獻的黑兔相同的剪影。

還有另一點……無論耀的發言是真實還是謊言，假使全世界都流行兔耳耳機的時代真的來臨……代表那毫無疑問是一個和平到了即使筷子掉到地上也會引人發笑的世界。

兩人的爆笑反應，就是包含了這種諷刺和稱讚的意義。

逆廻十六夜和久遠飛鳥的笑聲響遍了夜裡的大樹，讓大河的水面持續搖晃。

莉莉的大冒險
～偉人說：「天下沒有白吃的午餐。」～

——「Underwood 地下都市」收穫前夜祭。

時間流逝，來到收穫祭開始日的三天前。

「No Name」的年長組們都在幫忙主辦單位進行活動，作為受邀參加本次收穫祭的回禮。

這一天，被任命為年長組指揮的狐狸少女莉莉也在地下都市內來回奔走。

當莉莉和桐乃正在搬運籃子的途中，一陣涼風吹動大樹的枝葉，並穿過了地下都市。

「哇！」

受到這陣風突襲的莉莉垂下狐耳，發出小小的驚叫聲。走在她身旁的樹靈桐乃也壓著組合花朵而成的髮飾笑了起來。

「『Underwood』都市區會發生強勁的下坡風。要小心喔，莉莉。」

「嗯，謝謝妳的提醒，桐乃。」

莉莉「唰！」地豎起狐耳。兩人用雙手重新拿好塞在籃子裡的食材，搖晃著身上的日式圍裙，並把食材運往指定的地點。

籃子裡塞滿被提供給收穫祭的玉米和南瓜等作物。剛從田裡收割的玉米散發出芬芳的香氣，讓莉莉開心地踩著小跳步。

「玉米看起來非常好吃呢！收穫祭裡會拿來水煮呢？還是會拿來燒烤？」

「聽說會在攤位上燒烤喔，要把玉米鬚和葉子剝掉後一根根放到鐵網上烤。嘎羅羅大老說過因為這是剛收成的玉米，所以會很甜很好吃。」

「是嗎～我好期待收穫祭喔～♪」

莉莉「唰！」地豎起狐耳表示喜悅。

兩人就像是等不及收穫祭到來那般地開始奔跑，趕往食材放置場。

——「Underwood」雖然受到巨龍襲擊，不過多虧有鄰近共同體相繼贈送的支援復興物資，目前總算恢復到能夠執行收穫祭的程度了。不過雖說是鄰近，在廣大的箱庭都市中，光是相隔一道外門就已經是另外一個世界。也因此獲贈的支援物資和食材都完全沒有統一性。

如果要實際舉個例子，水源豐富的「Underwood」的主食兼名產的穀物是小麥。

而玉米是在乾燥地區受到喜愛的穀物，在這附近則是僅有極少數地區在種植的食材。那麼為何會有如此大量的玉米在收穫祭中出現呢？

這是因為住在和這裡相隔三道外門的共同體採收了該區域荒野上的玉米，並捐贈給「Underwood」的收穫祭。

無論是要作為食物，或是要當成油等資源，玉米都是優秀的穀物。所以除了這些被捐贈的部分，「六傷」也有另外大量購買引進吧。捐贈的共同體必定也因為獲得新契約而感到很高興。以捐贈為名並藉此斡旋買賣的做法或許會讓人覺得過於精明，然而為了要和位於遠方的共同體牽起關係，利用這種支援作為契機的例子可說是占了壓倒性的多數。和魔王戰鬥的共同體會之所以會收到各式各樣的支援物資，就是因為背地裡有這種機制。

為了在廣大的箱庭都市裡打響名號並獲得成功，這是不可或缺的必要智慧之一。

（不過真可惜，要是「No Name」的田地已經完成，我們也可以提供好吃的白米。）

莉莉雖然開朗地踩著小跳步，同時內心也為了無法參加收穫祭展出而有些遺憾。像收穫祭這類的美食祭典，是展示平日功績的最佳舞台。

身為穀物神宇迦之御魂神的眷屬，莉莉內心裡的真正想法是希望能以主辦者方的身分來參加這場祭典吧。

然而她立刻改變主意，用力握緊雙拳。

（現在必須忍耐！像這種任性的念頭，應該要等到確實報答過十六夜大人和黑兔姊姊以後再說呢。）

「No Name」的農地確實地開始恢復生機。莉莉原本已經放棄，認為在自己這一代不可能有機會照顧土地，然而現在卻不一樣了。

明年「No Name」的田園裡，一定也會搖晃著金黃色的稻浪。

「……嘿嘿嘿。」
「怎麼了？」
「不，沒什麼。我們趕快把這個籃子送到……呀！」
砰！莉莉撞上某個人並往後跌坐在地。放在籃子裡的玉米和南瓜因為衝擊而掉了出來散落一地。
「啊，抱歉，莉莉。我剛剛沒在注意下面。」
在食材放置場裡揀選材料的人，原來是逆迴十六夜。
莉莉慌張地撿回作物，甩著兩根尾巴低頭道歉：
「對……對不起！是我顧著看旁邊……不過十六夜大人您為什麼會來食材放置場呢？」
「嗯～正好閒著沒事做，所以想到既然難得可以盡情使用食材，乾脆來久違地煮點什麼也挺有趣。」
語畢，十六夜從食材放置場裡拿起一顆蘋果，抱著順便試試味道的心態用力咬了一口。
莉莉驚訝得瞪大眼睛。
「十……十六夜大人您會下廚嗎？」
「嗯。在箱庭裡全都是交給你們所以沒機會動手，不過我原本是一個人生活。就算扣掉這段，以前隸屬的福利機構也採取輪班制，所以我也是從小就被要求做過所有的一般家事。」
十六夜一邊在堆積如山的食材中挑選材料並漫不經意地如此說道。

相較之下，莉莉卻楞楞地張大了嘴巴。對於「No Name」的年長組來說，十六夜等人是共同體的主力，也是擔任中樞的重要人物。

能以修羅神佛為對手戰鬥的十六夜居然曾經和自己幾個一樣負責幫忙家事，這一點讓莉莉非常驚訝。

「十六夜大人……您對那種生活不會感到不滿嗎？」

「哪裡不滿？」

「因為，十六夜大人是很了不起的人。您的力量是為了挑戰神佛，而不是為了要用來握住菜刀。結果卻沒有考慮到適材適用的問題而讓強迫您去負責家事……」

莉莉垂下狐耳鼓起雙頰。

她應該是因為「被要求」這種表現方式，所以誤解十六夜以前曾被迫去執行不符合才能的勞動工作吧？

察覺到這點的十六夜不由得面露苦笑。

雖然他能明白莉莉想表達的意思，然而追根究柢來說，箱庭和外界的文化並不同，社會體制本身的差異實在過大。

在箱庭裡，擁有力量者要過著負責扶養無力成員的生活，然而光是這句話並不能解釋一切。因為即使贏得土地、獲取水源，也需要能活用這些的勞動力。

正是因為有其他人們會負責運用從修羅神佛手中贏得的各式各樣恩賜，生活才能經營下去。這部分和年齡或力量差距等條件無關，擁有力量的成員和無力戰鬥的成員分別按照其才能負責適合的工作，這才是箱庭世界的文化。

然而十六夜之前身處的世界卻有點不同。和是否具備才能無關，小孩子就是要受到大人扶養，直到出社會為止都不會學習靠自己一人生存的方法。在義務教育中，即使能習得教養文化，也不會去進修具備實用性的知識和技能。尤其十六夜居住的日本有著過剩的物資，突出的才能已經被文明利器取代，原本該獲得活用的個人特性卻被懈怠地放置於頹廢風氣之下。

這是立於雞群的鶴會被打壓到只能和雞同高的時代。

民眾提出期望均富的心聲。

之所以歌頌人類平等，是因為自己達不到平均值。

對於藉由相鄰者互相監視，對犯罪和成功產生抑止力的日本這個國家，生前的金絲雀曾經以打心底感到無趣的態度，直截了當斬釘截鐵地如此下了斷言——「這是國民以理想社會(Utopia)為目標，卻也是國民自己造成了控制社會(Dystopia)的罕見例子。」

在這種國家裡，如果有像十六夜這種擁有誇張才能的人物站上了公開舞台，肯定會遭受到非常難應付的逆風。這種情況十六夜當然也覺得免談。

畢竟他擁有對敵人無法手下留情的個性。如果必須把受到世俗風潮煽動的弱小民眾視為敵人，他會覺得對方實在可憐。

十六夜雖然對世俗並不關心，但也不具備欺凌弱者的興趣。

強大的力量就是只能針對強者使用，這樣才顯得帥氣。

「……啊～不對，這種情況下也不一定就是這樣吧。」

「咦？」

覺得自己好像想得太卑微了的十六夜改變想法，換了個講法來說明：

「我以前並沒有被強迫勞動啦。只不過是因為我以前的國家——是一個會使用能粉碎河山的利劍去削蘋果，拿可以燒盡森林的火焰來點燈，既富裕又和平到了甚至可以誇張浪費到這種程度的地方。」

十六夜呀哈哈笑著，再度咬下那顆宛如紅寶石般亮麗的蘋果。如果和飛鳥一樣處於戰爭時期，十六夜的生存方式應該也會演變成不同的情況吧。然而在他的時代裡，力量只是沒有用的多餘之物。

其實只不過是這麼一回事，十六夜這樣解釋。

莉莉的眼睛瞪得愈來愈大，不過最後好像還是理解般地微笑著點頭。

「那真是……非常和平的國家呢。」

「是啊，多虧了那樣只有廚藝一直在提昇……怎樣？如果有什麼希望的話我可以做給妳吃喔。」

吃完蘋果的十六夜充滿自信地笑了。

莉莉「唰！」地豎直狐耳表示喜悅。

「如果是這樣，我想請您使用放在這籃子裡的材料！」
「哦？就是妳剛剛送來的東西嗎？」
「是！有玉米和南瓜，還有櫻蛋和起司。」
「哦～？」十六夜揀選著籃中的物品。在這個大籃子裡塞滿了剛被送來此地的食材，其中特別引人注意的東西是有著鮮艷櫻花色，看起來尺寸比較大的蛋。
「櫻花色的蛋啊……好吃嗎？」
「是！這是一種叫作櫻見鳥，會在櫻花樹上築巢的鳥類的蛋。聽說經常被用來製作成派之類的料理。」
「哦～派嗎……」
把籃子裡的物品都翻看過一遍的十六夜瞪著這些材料。
過了一會，他以突然想到什麼的態度抬起頭。
「南瓜、蛋、起司……如果能找到培根和麵粉，就可以做出法式南瓜鹹派。」
「法式……南瓜鹹派？」
「嗯，是歐洲的鄉村料理……這樣講妳大概也聽不懂吧。總之是在派皮裡放入已經和蛋及南瓜混合均勻的生奶油還有起司，並燒烤成歐風的餐點。以前我去旅行時曾經品嚐過，對當時的我來說真的是完全命中喜好的紅心。」
十六夜似乎很懷念地放鬆嘴角並拿起南瓜，這種表情的他有點少見。

莉莉也陶醉地想像著還不曾見識過的法式南瓜鹹派，露出幸福的微笑。

「光是用聽的，就讓人覺得是個很好吃的餐點！」

「嗯，味道方面我可以保證。」

十六夜呀哈哈笑了，轉著手上南瓜並站直身子。

「如果要製作法式鹹派，還需要麵粉和其他材料。莉莉妳知道放在哪裡嗎？」

「啊！是！由我來帶路！」

莉莉「唰！」地豎起了狐耳。

他們和要留在食材放置場裡的桐乃道別，然後兩人為了取得麵粉和肉類而前往店家所在的廣場。

＊

——「Underwood」商店市場。

久遠飛鳥和春日部耀來到了因為造訪收穫祭的人們而顯得吵雜熱鬧的市場。這場收穫祭上販賣的物品並不是只有食物。

還有以地方特有技術染色的布料和紡織品、服裝等也被放到了市場上販售。

然而在幸運擁有溫暖氣候的南區，服裝使用的布料面積相對較少，換句話說露出的部分比較多。

飛鳥瞪著拿在手上的南方服裝。

「……這個有點讓人難為情。」

「是嗎？我覺得很適合飛鳥。」

陪著飛鳥一起購物的耀在旁邊觀察狀況。

飛鳥手上的服裝是從跨下的高度就大膽地開了高衩的裙子，巧妙運用紅色花朵來作為圖案的這件裙子有著會讓腿部幾乎整個暴露在外的設計。

飛鳥雖然因為喜歡花色而拿起這件裙子，不過對於大腿以下的部分會全面曝光的狀況卻面有難色。

「這種服裝還是有點……」

「是嗎？飛鳥妳喜歡什麼樣的衣服？洋裝？」

「只要可愛，無論日式西式我都喜歡。以前我也常穿和服。」

哦哦！耀的眼神有點發亮。

「我也喜歡和服，穿起來會覺得精神特別緊繃振奮。」

「嘻嘻，是呀。先準備好一套，萬一需要用到的時候才不會困擾。如果有機會再一起去『Thousand Eyes』的店面找找看吧。」

兩人帶著微笑對彼此點頭。

DeN...

這時她們突然注意到吵鬧人群的另一端，那是雙手上抱著大量物品的十六夜和莉莉。
飛鳥揮了揮手，十六夜他們也注意到這邊並揮手回應。
「哦？妳們兩個出來購物嗎？」
「嗯，因為正好有個空檔。」
「所以想趁現在執行那個計畫……尋找要送給黑兔的禮物。」
耀指著市場裡的小東西販賣區。
莉莉也把狐耳「唰！」地豎直，臉上露出笑容。
「黑兔姊姊……收到禮物會高興嗎？」
「那就要看各自的努力了，是說女性陣營準備了什麼？」
「嘻嘻，是用水樹樹幹切削成的紅漆梳子。」
「是就算剛睡醒頭髮亂翹也只要梳理一下就會潤澤柔順的優秀製品，買了三人各自不同的設計。」
「哼哼～」兩人得意地挺起胸膛。既然是用水樹樹幹切削成的梳子，應該是能夠讓頭髮獲得水分的物品吧。
對於選出意料外優秀禮物的兩人，尚未決定要送什麼的十六夜率直地感到佩服。
「哦～當地的高級品是不錯的選擇，雖然沒有什麼變化，不過很正統。」
「真是謝謝你這種以上對下的評價。那麼，十六夜同學你決定了嗎？」

「不，還沒。我來市場是為了別的事情。」

「唔？」兩人不解地歪了歪頭。旁邊的莉莉立刻幫忙補充：

「十六夜大人說要請我吃法式南瓜鹹派……兩位要不要也一起來呢？」

莉莉甩著兩根尾巴邀請兩人。

飛鳥和耀驚訝得瞪大眼睛，不過立刻帶著賊笑點了點頭。

「哦……十六夜同學要下廚啊，真的行嗎？」

「哼哼，那當然。我肯定比妳們還厲害。」

「……這句話我可不能當作沒聽到。」

十六夜的挑釁讓兩人都心頭火起。畢竟身為女性，這是無法忽視的挑釁吧。

對峙了一陣子的三人同時開口：

「——種類是？」

「歐風。因為主菜是法式鹹派，剩下的是湯品和前菜。」

「了解。走吧，飛鳥！」

飛鳥和耀以飛奔般的速度跑向食材放置場。十六夜目送她們的身影離開後才滿足地呀哈哈笑了起來。

「成功了莉莉，菜色增加了喔。」

「嘿嘿嘿，太棒了~♪」

莉莉「唰！」地豎起狐耳表示喜悅。

之後，在市場取得絕大部分必要材料的十六夜捲起袖子，吩咐莉莉「差不多一小時後再回來」之後就和她道別。

獲得預定外的自由時間後，莉莉為了和飛鳥她們一樣找出送給黑兔的禮物，開始在市場裡閒逛。

準備收穫祭讓年長組的孩子們也能獲得少量的薪水。雖然金額跟零用錢差不多，但這確實是自己工作後取得的報酬。莉莉開朗地甩著兩根尾巴，在販賣小東西的市場裡開始挑選。

（其實我本來想送黑兔姊姊髮飾……不過是不是換個東西比較好呢？）

「唔～」莉莉煩惱著。她之前想拿來當禮物的物品，是類似桐乃頭上那種組合了花朵的髮飾。理由是因為莉莉覺得黑兔雖然總是被要求要穿上華麗的服裝，不過卻有著對這些小配件不太在意的一面。

（有看到白色和黃色的漂亮花朵髮飾……那是風格清新而且黑兔姊姊應該會喜歡的髮飾……不過既然飛鳥大人和耀大人要送梳子……唔唔～反過來配合她們也……）

「嗚哇啊啊啊啊！出現失控的瘋牛啊啊啊啊啊啊啊啊啊啊！」

莉莉「咦？」了一聲看向人群的對面。只見在通往市場的道路另一端，有一隻瘋牛正咚咚

咚咚咚咚地掀起煙塵和地鳴聲，並朝著這邊猛衝。

「咦……咦咦——！」

無法避開這突發狀況的莉莉被撞飛了出去，由於力道太強勁讓她往後彈飛還滾了好幾圈。

即使混在人群裡也被撞得團團轉的莉莉整個人頭昏眼花。

她「呀～」地發出小小的慘叫聲，勉強撐著還在眼冒金星的腦袋站了起來。

這時莉莉總算發現周圍的異常。

（咦……奇怪？明明還是白天，卻變得有點暗……？）

莉莉東張西望地觀察四周。

看來她是滾進了地下都市斷崖的裂縫中。周圍被崖壁包圍的這個地方陽光難以照入，因此顯得很陰暗。往頭頂一看，會發現樹根像是網子般地爬滿並支撐著斷崖，這也是讓光線不足的原因吧。

然而在斷崖的深處，隱約可以看見人工的照明。

「在這種地方……有商店？」

通往深處的道路僅僅只有成年男性或許勉強能通過的寬度，但前方確實有著類似燈火的光亮正在搖曳晃盪。

莉莉一方面想要離開這個陰暗的地方，另一方面也對位於這個不可思議地點的店家產生了興趣。

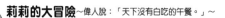

（說不定，可以找到什麼好禮物……）

——因為這裡是修羅神佛居住的箱庭世界，就是在這種不可思議的地方，才可以找到出乎意料的寶物。莉莉以好奇心壓抑住膽怯的情緒，選擇前進。

往看得見燈光的方向移動後，斷崖的裂縫逐漸從土牆轉變成經過整理鋪裝的小巷。莉莉回頭一看，入口已經相當遙遠。

懷疑自己是不是迷途進入了什麼可怕地方的莉莉開始發抖，邊抖邊走之後，她來到一扇有著奢華造型的門前。這就是店鋪的大門吧？

這扇奢華的大門兩旁掛著發出搖曳火光的玻璃提燈，以黑漆為底並用金箔組合成圖案。這光看一眼就能感受到的高級感雖然讓莉莉簡直想要退縮，然而既然都已經來到這裡，當然不能直接回頭。

莉莉慢慢轉動大門的手把，偷偷地觀察店內。

*

——「Underwood」貴賓室，晚餐。

太陽西下，來到夜幕低垂的時刻。「No Name」一行人一邊聽著流經大樹的清流發出潺潺流水聲，並舉辦了晚餐會。

聽說問題兒童們要大展身手，「六傷」的嘎羅羅和「一角」的莎拉也一起出席，成了一場比預定還要熱鬧的晚餐會。

帶來蘭姆酒當伴手禮的嘎羅羅豪爽地舉杯喝酒，同時大肆讚揚在晚餐會上提供的餐點。

「呼哈～！為什麼為什麼！你們這幾個連廚藝都比一般人還厲害！這下沒參加料理大會還真是讓人覺得可惜啊！」

「……別說蠢話，我的廚藝技巧只不過是個人興趣的水準。如果真要參加比賽，應該只有春日部是唯一人選吧。」

十六夜以有點悶悶不樂的表情咬著法式鹹派。

旁邊的飛鳥也以垂頭喪氣的模樣開口說話：

「是啊……沒想到春日部同學居然這麼擅長廚藝。像我居然還燒焦又打翻……」

「是……是嗎？」

耀搔著頭露出靦腆的笑容。

她的面前放著自己的作品……加入滿滿蔬菜的法式燉鍋。

熱騰騰的法式燉鍋傳出了辛香料和香草的好聞芳香，隨著白色霧氣一起晃動並刺激著眾人的鼻腔。在夜晚會變冷的「Underwood」看起來顯得格加美味。

一起列席的莎拉小心地舀起冒著暖暖熱氣的馬鈴薯並放入口中。接著她也紅著臉揚起嘴角點了點頭。

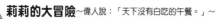

「哎呀，真的很棒。這道菜不光是調理方法，看來在選擇材料時也很講究。」
「嗯，我很擅長找出食物美味的部分，因為我以前是自己一個人生活。想讓好吃的菜餚吃起來更好吃，不知不覺中就變成這樣了。」
耀有點得意地點頭回應，十六夜以更嘔氣的態度把鹹派塞進嘴裡。
就在此時，他的視線突然注意到坐在正面的莉莉。
「……怎麼了莉莉，妳不吃嗎？」
「咦……啊，是！我開動了！」
莉莉先合掌致意，然後慌慌張張地開始進食。還以為她會立刻發出興奮的歡呼聲，但過了老半天還是沒有出現這個反應。吃飯時的態度看起來似乎也有點心不在焉。
感到很在意的飛鳥擔心地開口發問：
「怎麼了莉莉，是不是碰上了什麼討厭的事情？」
「不……沒有，不是那樣。」
「但是妳現在的樣子很不像平常的妳呀，應該真的出了什麼事吧？」
飛鳥稍微把身子往前探繼續追問。莉莉以似乎感到為難的態度沉默了一陣子之後，才靜靜地抬起頭，喃喃自語般地開始敘述：
「其實今天，我找到了非常棒的店家……裡面展示著一個讓我很想拿來當成禮物送給黑兔姊姊的漂亮胸針。」

「哦？那樣不是很好嗎？」

「是的，可是……我無法購買……」

莉莉頹喪地垂下耳朵。察覺到另有隱情的耀立刻開口接話：

「如果是零用錢不夠，剩下的我可以幫妳出喔。」

「不……不是這樣！雖然零用錢的確也不夠，不過其實那是一家基於別種意義而無法購買商品的店……」

「基於別種意義而無法購物的店？」

一行人以詫異表情看著彼此。

只有十六夜一個人眼中綻放出銳利光芒，咧嘴賊賊一笑。

「該不會是和恩賜遊戲有關吧？」

「……是的，那家店的入口貼著『只有破解遊戲者才有資格購物』這種內容的『契約文件』。」

「居然有這種不想賺錢的商店，這種情況經常發生嗎？」

十六夜把視線移向身為主辦者的莎拉和嘎羅羅。

兩人雖然各自面有難色但是卻也沒有否認。

「這並不是完全不會出現的情況。如果是特別注重自身共同體代表品牌的店，提出這種條件的賣方其實也不在少數。」

「是啊，『六傷』的總店碰到初次上門的新客人時，也會請對方先破解遊戲……不過在這種開放式的市場上這樣做的店家還真是罕見。」

嘎羅羅以帶著不快的語調如此說明。大概是因為對於自己等人主辦的市場裡，居然會出現試圖挑選客人的店家而感到不滿吧。以常識來思考，這的確也違反了禮儀。

然而莉莉卻像是在否定兩人意見般地搖了搖頭。

「那個，我想那一定不是那一類的恩賜遊戲，因為那家店裡沒有店長。」

「你說什麼？」

這次讓嘎羅羅忍不住發出了驚訝的喊聲。莉莉也為了補充，開始介紹自己拜訪過的不可思議商店。

從斷崖的裂縫靜靜往內延伸的昏暗小徑。

以黑漆為底並用金箔製成裝飾圖案的奢華門扉。

和外觀一致，極盡風雅設計氣息的展示品。

還有被藍眼人偶握在手上的「契約文件」。

「哦～神祕小徑、奢華門扉，還有許許多多豪華的展示品嗎？再加上店長居然不在……一般來說，這應該是針對盜賊設下的陷阱之類吧？」

「是呀，如果不是像莉莉這樣純真的女孩，說不定已經在拿走寶物的那一瞬間就遭受襲擊了。」

飛鳥也提高警戒心並點了點頭，剛剛那番話聽起來就是如此充滿疑竇。

「那麼，那張『契約文件』上寫了些什麼？」

「呃……雖然我不記得完整內容……不過意思好像是……店內深處有一張店長用的椅子，請修理坐在那張椅子上的人偶吧。」

「……聽起來很籠統呢。」

耀微微歪了歪頭，而莉莉則甩著兩根尾巴似乎很困擾地低下頭。

覺得這樣下去事情也無法解決的三名問題兒童紛紛站了起來。

「總之，有那種類似詭雷的店家感覺不太妙。」

「是啊，不親眼看看也無法發表意見。」

「嗯。而且最重要的是，似乎很有趣。」

耀這麼一說，十六夜和飛鳥就以強烈同意的態度點了點頭。

嘎羅羅和莎拉有些愣愣地望著三人，之後輕輕聳了聳肩。

「唉，議長大人。不好意思，能麻煩妳以主辦者之一的身分去看看現場嗎？」

「了解。如果是危險的地方，將其破壞也沒問題吧？」

「嗯，要在還沒造成損害之前先動手解決。」

晚餐會結束，也決定了今後的方針。

三名問題兒童和莎拉以及莉莉都離席並走出了貴賓室。

＊

——「Underwood 地下都市」收穫祭，前晚的市場。

穿過因為等不及收穫祭的參加者們紛紛大聲喧嚷而顯得很熱鬧的市場，來到斷崖裂縫前的一行人都因為那不自然的龜裂和詭異的氣氛而皺起眉頭。

明明這是大到能讓人通過的裂縫，為什麼至今為止都沒有人注意到呢？而且在龜裂周圍就像是刻意避開人群一般，沒有攤位也不見人聲。

十六夜帶著懷疑張望四周後，咧嘴笑了笑。

「原來如此，意思是形成了無法隨便進入的情況嗎？」

「是啊……說不定還使用了暗示他人遠離的恩賜。」

「哎呀，那麼莉莉妳當初是怎麼發現這個裂縫的？」

「那……那是……因為被失控的瘋牛給撞飛……」

「啊？」所有人一起發出感到疑惑的聲音。

「喂喂……失控的瘋牛是怎麼回事？有在舉辦鬥牛嗎？」

「是呀。被瘋牛撞飛並掉進裂縫裡……感覺實在太湊巧了。」

「嗯，偶然有失控的瘋牛出現，還偶然把莉莉給撞飛。像這樣的偶然……」

「嗚哇啊啊啊啊！出現失控的瘋馬啊啊啊啊啊啊啊啊啊啊啊！」

嘶嘶！瘋馬發出嘶鳴聲並失控亂衝。

站在眾人最後面的莉莉又發出「呀～！」的慘叫，然後被撞飛進裂縫裡。

「——……」

「——……」

「——……」

「喂！你們在做什麼！快點去追那孩子！」

莎拉開口喝斥並拉起三名問題兒童的手。

三人立刻猛然回神，隨即追上莉莉。

*

走入地下都市的龜裂後約五分鐘，十六夜等人在道路鋪裝得相當整齊的地方發現了莉莉。

飛鳥非常慌張地跑了過去，以擔心的態度抱起她。

「沒……沒事吧，莉莉？」

「是……是的……只是有點頭昏眼花而已……」

眼冒金星的莉莉還是很有規矩地回話。一行人雖然鬆了口氣，但也紛紛咂舌像是對剛才的瘋馬非常不滿。

「春日部，明天晚上來吃瘋馬的生馬肉如何？」

「贊成，還要順便拿瘋牛來烤肉才行。」

嗯！十六夜和耀對著彼此重重點頭。莎拉雖然訝異得目瞪口呆但還是率先開始往前走，並在指尖點起火焰以代替照明。因為頭上盤據著大樹的樹根，月光顯得相當遙遠。

既然地面的裂痕還帶著點濕氣，代表這裡應該是巨龍現身時所造成的裂縫。那麼至少，這間店成立至今大約是十天左右。

（這該不會是……？）

莎拉產生不好的預感，但依然在鋪裝得頗整齊的小徑上前進。

總算到達店門口的五人站在正如敘述的黑漆門扉前。門上貼著「僅允許破解遊戲者進行買賣」的契約文件，奢華的造型和以金箔裝飾的花紋強制性地讓人體認到這裡的高級。

五人看了看彼此，接著伸手慢慢把門推開。

於是下一剎那，簡直刺眼的光線映入眼簾。

「——哦……！」

散發出這些耀眼光輝的東西，原來是筆墨難以形容的大量優雅裝飾品或古董。展示櫃裡排列著在黃金上鑲嵌了紅寶石的戒指，上方還裝飾著精心表現出鮮艷設計的帷幕。如果要以價值來判斷，恐怕那個帷幕就是這裡最高價的物品吧。畢竟那張帷幕散發出不輸給貴金屬的高貴光輝，肯定是出自於有名大師之手。

至於有些過於華麗的地毯前方，則擺放著以精巧緻密的技術來製作而成的古董。從衣櫃或時鐘等具備實用性的物品到一些用途不明的東西……例如似乎是靠浮力來持續轉動，類似水車的神祕物體；以及毫無意義地持續晃動的鐘擺式人偶等等，這裡準備了種類相當豐富的商品。很明顯，店內有著比外觀更寬廣的空間。

「這還真是……與其說是店舖，反而像是博物館。」

「哎呀，也沒那回事喔。仔細看看不管哪件商品都有貼著價格呢。」

「什麼？」十六夜先回應飛鳥，才拿起附近的戒指。

貼在戒指上的小小標價牌上，標注了等同於「No Name」目前生活費乘以十年份的數字。

「……真讓人受不了。」

十六夜微微聳肩。無論多麼燦爛耀眼都無法激起想購買的欲望，這狀況讓他覺得其實和博物館也沒什麼兩樣。

另一方面，耀和莎拉完全不理會這些金銀珠寶，直直往店內前進。一直線往前走的兩人找到了坐在店長椅子上，擁有藍色眼眸的女性人偶。正如莉莉所說，那人偶的手中握著「契約文件」。耀看了看人偶手中文件的內容，立刻詫異地瞪大眼睛。

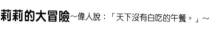

「——我是世界上最勤奮工作的人——

第一個我是世界上最勤奮工作的人！
不需要靠任何人的幫忙，也可以工作工作持續再工作！
因為我實在非常勤奮地持續工作，第一個爸爸也非常高興！
可是有一天，被發現這是謊言。
所以第一個我和爸爸，因為謊言被揭發而壞掉了。

第二個我是世界上最勤奮工作的人！
靠著朋友的幫忙，可以工作工作持續再工作！
因為我實在非常勤奮地持續工作，下一個爸爸也非常高興！
不過有一天，被發現這是贗品。
可是第二個我和爸爸，得到朋友的幫助所以能夠繼續工作。

第三個我真的是勤奮工作的人！
雖然還沒有誕生，不過會永遠不停地持續工作！

快點誕生吧！快點誕生吧！大家都一直這樣說！
但是有一天，被發現我無法誕生。
所以第三個爸爸，放棄了第三個我。
這種行為不可原諒！有很多爸爸在等待著我！
財富！名聲！還有人類的夢想！只要我誕生就能獲得！
所以拜託……不要放棄我……！縱使，真實才是答案……！」

「這是……『契約文件』？」

「雖然文章相當不合常理，不過應該沒錯吧。」

莎拉以嚴肅的眼神閱讀文章，然而讀過一遍之後，她就很乾脆地放棄了。

「抱歉我完全看不懂，交給你們了。」

「喂喂，新任『階層支配者』這種樣子可怎麼行？」

十六夜從背後帶著調侃這樣一說，莎拉很難得地嘟起嘴巴反駁：

「我不擅長對付這種要動腦的遊戲，在『Salamandra』時也有設置專職解謎的單位……」

「不過，『龍角鷲獅子』聯盟沒有那種單位吧？萬一下次對戰的魔王是專精智謀的類型，那妳要怎麼辦？」

「唔唔！」莎拉無言以對，是因為被戳中痛處所以無法反駁吧。

她甩著一頭紅髮，將微微泛紅的臉頰用力往旁邊一轉。

「……這個問題我也很清楚，只是並不是每個人都能像你或白夜叉大人一樣萬能嘛。」

莎拉以有點鬧彆扭的態度這樣說道。十六夜聳聳肩承認的確是這樣，並再度把視線放到文件上。他用手抵著下巴像是在思考……過了一會突然瞇起眼睛看向遠方。

「即使真實才是答案嗎……哼，這玩意真是個殘酷的遊戲啊。」

「咦？」

耀和飛鳥同時有了反應。下一瞬間，店舖全體都開始發出類似地鳴聲的聲響。

「怎……怎麼了……？」

雖然沒有窗戶所以無法確定，但這應該不是地震，而是店舖的建築物本身在晃動。在這間綻放出炫目光輝的店內，有某種東西正在爬行移動。

產生這種直覺的莎拉和耀大聲警告眾人：

「小心！有什麼東西在！」

「而且大概……不只一兩個……！」

耀利用五感探查傳出低沉震動的方向，震源是和大門處於相反位置的內部門扉。在上面寫有「非本店人員禁止進入」的門扉另一端，有某種威脅正在逐漸進逼。

十六夜一言不發地抱起莉莉，讓她坐到自己的肩上。

「莉莉，絕對不要離開我身邊。」

「是……是的！」

「——來了！」

耀的發言成為起火點，從門扉另一端出現了數百個大小各異的——

肌肉猛男人偶。

「「「——嗚哇喔。」」」

三人同時發出驚訝的叫聲。時間點幾乎完美，到了即使以小數點以下的等級來審查也找不出誤差的地步。這正可說是絕佳的默契。

就連擺出備戰態勢的莎拉，也受到了美麗紅髮簡直會瞬間轉白的衝擊。至於莉莉則是已經嚇得眼中含淚了。

敵人的健壯手臂重現出帶有光澤的膚色，看在行家眼裡，肯定一眼就能明白這是美麗的肌肉吧。在曬黑的皮膚上穿著貼身V型三角褲這樣的正統服裝，讓胸肌和背肌都微微顫抖著的身影，可以說是出色的造型美。

製造出這些人偶的人物，毫無疑問是超一流的人偶師傅。

肌肉猛男人偶們擺出幾個優美的姿勢後，咧嘴露出白得發亮的牙齒。

「……健美！」

「健美？」

「健美？」

「是健美嗎？剛剛它們講出了健美？」

「女性陣營的各位冷靜一點，剛剛那個一定不是它們的叫聲。」

十六夜靜靜地安撫陷入混亂狀態的女性陣營。這個光景也很罕見。

逮住這破綻的肌肉猛男人偶群擺出了裝模作樣的備戰態勢。

「……猛男！」

「猛男！」

「猛男？」

「是猛男吧！剛剛他們絕對講出了猛男！」

「是啊，剛剛的確是講了猛男。」

女性陣營混亂到極點，十六夜也感到無計可施而索性放棄。另一方面，莉莉則在十六夜肩上不斷發抖。

失去統率力的探索隊一行人，面對大大小小的肌肉猛男人偶群。

十六夜等人由於碰上過去不曾有過的緊急事態，因此陷入了膠著。

兩邊人馬暫時互相對峙（？）——最後，先採取行動的是肌肉猛男人偶群。

「——嘿吼吼吼吼吼吼吼吼吼吼吼吼吼吼吼吼吼吼吼吼吼吼吼吼吼吼吼！」

「——呀啊啊啊啊啊啊啊啊啊啊啊啊啊啊啊啊啊啊啊啊啊啊啊啊啊啊啊！」

肌肉猛男群發出了勇猛，的確只能用勇猛來形容的怒吼並步步進逼。

它們抖動著被曬成黃金色的美麗肌肉並往前奔馳的這副光景，的確也可以稱之為具備幻想性的一幕。充滿躍動感的臀大肌並非只是空有外表的肌肉，也展現出充滿力道的奔跑。

在理想的肌肉面前，黃金和寶石等如同草芥。肌肉猛男的奔馳從角落開始，把每一個被它們彈飛的貴金屬全都撞得粉碎。要是被逮到，恐怕無法平安無事吧。

然而女性陣營的恐怖感，卻源自於另外一個角度。

「噁……噁心！好噁心！」

「不行，那玩意真的不行！」

面對這宛如實現了男人夢想的肌肉，飛鳥和耀滿臉發青地頻頻後退。莎拉甚至已經直接逃到了店外，大概是真的很害怕吧。就算平常多麼毅然高潔，這玩意似乎已經踐踏到她本能上絕對無法接受的地雷。

只有十六夜一個人以倒退跑的方式一邊撤退，同時看著肌肉猛男人偶喃喃說了一句：

「……我想要一隻。」

「住手！」

「住手啊！」

「請……請千萬別那樣做，十六夜大人！」

十六夜似乎頗遺憾地沉吟了一會，最後嘆口氣像是放棄。

在離開店內前的最後一瞬——十六夜以眼角餘光看了看坐在店長椅子上，似乎很寂寞的人偶。

「……不管怎麼說，還是得再來一趟。」

「「絕對免談！」」

耀很難得地和飛鳥一起大吼。

五個人雖然衝出店鋪，結果還是被肌肉猛男群一路追殺到斷崖的裂縫處。

*

在有著豪華裝潢的店內深處，人偶靜靜地凝視著入侵者離去的背影。

聽到門扉關閉的聲音響起後，人偶左右晃動著自己的身體。

——唉~這次的客人也沒能滿足我。

透明清澈的藍色眼眸和翠綠色髮絲讓人特別有印象的這個人偶，以簡直會讓人誤以為是人類的柔軟動作站了起來。她的眼中出現生氣和光芒，肌膚獲得熱量和血流，就像是化了妝那般逐漸變得紅潤。

離開位子的她甩著裙子，踩著輕快的腳步在被破壞成一片散亂的店內開始移動。

那優雅的步伐讓人產生彷彿在跳著芭蕾舞般的錯覺。

不，那並非比喻——她的確在跳著「Coppélia」。（註：一齣以會動的人偶為題材的芭蕾舞劇。）

「La……La……La……」

她在沒有音樂的店內哼著歌曲，踩著舞步轉圈讓裙擺隨之飛起。

當她剛以輕快的步伐繞完店內一圈，所有殘骸立刻一口氣回歸原本所在的地方。人偶以完成打掃般的視線環視店內，接著沒有任何感慨地回到了本來的位置。

「下一位客人——是否會對我有興趣呢？」

生氣從藍色眼眸裡消失。就像是在等待這一刻那般，店內的燈光也逐漸熄滅。

入侵者離開，「跳舞人偶」也陷入沉眠。

直到會向她求愛的命運之人出現為止。

*

——「Underwood」夜晚的市場。

這裡是挖空大地建造而成的大樹地下都市。即將迎接收穫祭的都市即使到了夜晚也沒有入眠，展現出熱鬧的面貌。在不分晝夜都人來人往的市場角落，有個豎立著「禁止進入」的告示牌，看起來很不自然的裂縫。

身穿日式圍裙的狐狸少女——莉莉站在告示牌前方，用力握緊雙拳。

「果然還是那個胸針最可愛……」

她甩著兩根尾巴觀察裂縫。

在收穫祭上，除了農業共同體和以狩獵為主的共同體，還會有遊牧民族或歌手之類職業各異的共同體前來造訪。雖然他們製作的獨創裝飾品也都是些很棒的作品，然而一想到是要送給黑兔的禮物，就覺得似乎少了些什麼。

在這種情況下，莉莉在這道大地裂縫的深處——發現了原本應該不存在的店舖。

以豪華絢爛的裝飾來點綴的內部裝潢，和燦爛奪目的商品。在到處都是所貼標價讓莉莉絕對無法出手的商品中，卻有個樸素的木雕胸針突兀地被放在店內。

雖然那是個做工很難說是精巧的胸針，然而精心採用花朵設計的造型卻很可愛又清新，莉莉只看一眼就覺得那是黑兔應該會喜歡的東西。

「至少只有那個胸針是不是可以讓我購買呢……」

「唔～」她雙手抱胸煩惱著。

即使想要鼓起勇氣闖入，那間店內的居民也實在過於可怕。縱然感覺不到敵意，然而那充

滿躍動感的肌肉集團從本能角度來看也只能說是太驚悚了。

就算莉莉想讓黑兔開心的心情比任何人都強烈，但這時至少需要被人從背後再推一把……

「失控的瘋馬啊啊啊啊啊啊啊啊啊啊啊！」

「失控的瘋牛啊啊啊啊啊啊啊啊啊啊啊！」

「咦？」莉莉回頭一看。

下一剎那，她就被瘋馬和瘋牛的失控行動給撞進了裂縫之中。

「呀～！」莉莉一邊發出慘叫，同時在裂縫裡的小徑上往前不斷翻滾。這次遭到之前兩倍力量撞飛的她當然連移動距離也變成了兩倍，最後用後腦撞上了位於最深處的門扉。

頭昏眼花的莉莉好不容易站了起來，凝視著以黑漆為底並貼有金箔的奢華大門，努力鼓起鬥志。

「……再進去一次看看吧！妳等我，黑兔姊姊！」

她「唰！」地豎直狐耳並轉動門把。

就這樣，莉莉獨自一人打開了詭異店舖的大門。

*

——「Underwood」第十四號廚房。

雖然現在還說這個顯得很多餘。

不過逆廻十六夜這個人，有著極為不服輸的一面。

就算是擁有天賦才能的他，也不是在所有方面都能常勝不敗。尤其是進行輸贏會受到評審方主觀影響的廚藝之爭時，他輸掉的次數其實並不算少。關於這點他自己也很看得開，覺得畢竟舞台不同所以這結果也是理所當然。

然而，之前的晚餐代表的意義有點不同。

春日部耀和逆廻十六夜。他們兩人都是共同體的主力，等於立場相同。所以之前他是和相同立場的人在相同領域裡互相競爭，並為了決定優劣而在餐桌上擺出餐點。既然十六夜已經認定對方的作品「比自己優秀」，下次就一定要使出全力再度挑戰，否則吞不下這口氣。

「——好，這下事前準備已經很完美了。」

十六夜滿意地以手扠腰，確認麵團的狀況。

選擇的餐點是和之前相同的法式南瓜鹹派。不過，這次使用的材料卻完全不同。他準備了一些即使是在被送來收穫祭的食材當中，平常也不能使用的精選食材。

例如把角豬煙燻後製成的培根、白牛起司、櫻蛋，以及和「Will o' wisp」特製南瓜充分混合的奶油等等。

以認真態度投入料理的十六夜背影甚至能讓人感受到類似某種氣概的魄力，說不定比平常參加恩賜遊戲時更有幹勁。

被叫來幫忙下廚的女僕之一——白雪姬以很不以為然的態度嘆了口氣。

「哼，只不過是一頓晚餐，我的主子還真是沒氣度。」

「隨妳愛怎麼講……是說，我明明是拜託妳把培根切成薄片耶，為什麼會切成丁啊？這已經嚴重到不光是因為手不巧的問題吧。」

「這……這是……要求神格持有者必須拿起菜刀的小鬼自己不好吧！」

白雪姬漲紅著臉齜牙列嘴地反駁。

「結果妳還是什麼忙都沒幫上嘛～」十六夜聳了聳肩。

他把法式鹹派的麵團放進已經有點年代的烤爐裡，等待鹹派烤好。

「首先放一片進去試試。在烤好之前還有點時間，這樣正好，白雪妳跟我來。」

「要去哪裡？」

「之前講過的神祕恩賜遊戲。我考慮了很多，那玩意是個陷阱遊戲的可能性很高。最好在有人不小心參加之前，先去破壞或是做出什麼處置。」

「——嗯？」白雪稍微偏了偏腦袋。

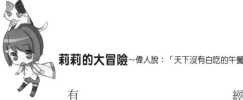

「總是自信滿滿的你難得會講出這種意見。不是破解，而是破壞嗎？」

「嗯，和嘎羅羅大叔商量後，得出了這種結論。」

十六夜脫下圍裙，準備外出。

白雪姬依然以無法接受的態度皺著眉頭。畢竟她曾經以神格持有者的身分歷經數次成為主辦者的經驗，因此這番話聽在她的耳裡應該不是很舒服吧。

——恩賜遊戲大致上可以分為兩種。

目的是買賣的事業，以及修羅神佛測試人類的考驗。

尤其後者大多是嚴苛的遊戲。不過這個難易度同時也代表神佛對參加者的信賴以及愛情。

他們雖然建立起難以破解的考驗，不過卻是為了賜予自己的恩惠而在不求報酬的情況下舉辦遊戲。因此根源必定存在著對參加者的慈愛。

現在卻說那種考驗「因為很危險所以要破壞」，讓人總覺得難以接受。

「……真是悲哀啊。就算不破壞，也可以採用限制參加者之類的手段吧。」

「我也明白妳想表達什麼……不過，那個遊戲不行，畢竟那個遊戲原本就沒有確立破解方法。」

「——什麼？」白雪姬訝異地反問。

十六夜穿好上衣，最後又補充了一句：

「我也是從嘎羅羅大叔那邊才第一次聽到這個名詞……白雪姬妳曾經聽說過『悖論遊戲（Paradox Game）』

嗎？」

＊

——「Underwood」聯盟議長室。

身為「龍角鷲獅子」聯盟議長的莎拉看著議長室裡堆積如山的大量資料，有氣無力地垂下肩膀。

「……這些就是為了對抗魔王必須整理的資料嗎？」

堆在辦公桌上的資料並不是和聯盟經營有關的東西，而是為了以「階層支配者」身分來建立必須組織的資料。

換句話說，就是在設立「對魔王部隊」時必須用到的東西。

「階層支配者」並非只有首領會參加戰鬥。更不用說一旦必須以魔王為對手，在各種領域就都會需要具備優秀能力的專家。

雖然細分下去會沒完沒了，但總之最少必須設立三個部門。

擁有武力的部隊和具備知識的部隊——還有能將遊戲導向勝利的掌控者。

既然已經接下「階層支配者」這職務，武力方面並不需要擔心。當然如果能盡量準備那是最好，不過至少能確保最低限度的武力。

問題是講到同時精通箱庭和外界雙方的知識份子，只能從頭開始培養。即使遊戲掌控者可以由莎拉本身負責擔綱，聯盟還是欠缺在進行遊戲控局時能幫忙提供知識的人才。

「雖然之前認為既然如此只能由我自己想辦法並鼓起了幹勁……」

莎拉把紅髮往上撥，再度嘆了口氣。

她過去隸屬的北區支配者──「Salamandra」裡有專門的部隊，因此她也曾接受過支援。然而「龍角鷲獅子」聯盟卻沒有這樣的基礎。

唯一可依賴的嘎羅羅大老也因為「六傷」確定退出而無法再麻煩他。

……說不定他們就是為了造成這種情況才決定退出。

當莎拉正因為各式各樣的問題抱頭煩惱時，傳來議長室的房門被敲響的聲音。

「莎拉，可以進去嗎？」

「飛鳥？沒問題，有什麼事嗎？」

莎拉允許入室後，久遠飛鳥和春日部耀兩人走進了議長室。

耀很有禮貌地鞠躬致意，並把視線放到莎拉身上。

「……妳是不是正在忙？」

「不，我正好抱著頭在休息──那麼，兩位有何貴幹？」

莎拉一發問，飛鳥臉上就露出了大膽的笑容。

「我希望妳可以允許我們參加昨天去看的神祕恩賜遊戲。」

「剛剛去看卻發現有禁止進入的告示牌，所以我們想還是來取得許可比較好。」

兩人露出充滿自信的眼神。

莎拉以打心底感到意外的態度睜大雙眼很是吃驚。

「難道妳們兩個已經解開那個遊戲了嗎？」

「嗯，是呀……不過解開的人是春日部同學啦。」

「嗯。因為在我的時代，那個範疇是必修科目之一。」

耀的雙手用力握起拳頭。

雖然外表看不出來，但耀也擁有博學的一面。例如在和巨龍進行遊戲的時候，她就靠著知識以及天生的行動力而達到即將破解遊戲的地步。

坐在椅子上的莎拉調整了一下腳部姿勢，以很有興趣的態度再度發問：

「聽起來似乎很有趣，如果方便的話，我想聽聽看春日部小姐的考察。」

耀「嗯」了一聲點點頭，打開那份「契約文件」的副本。

上面寫著這樣的內容：

「——我是世界上最勤奮工作的人——

第一個我是世界上最勤奮工作的人！

不需要靠任何人的幫忙，也可以工作工作持續再工作！
因為我實在非常勤奮地持續工作，第一個爸爸也非常高興！
可是有一天，被發現這是謊言。
所以第一個我和爸爸，因為謊言被揭發而壞掉了。

第二個我是世界上最勤奮工作的人！
靠著朋友的幫忙，可以工作工作持續再工作！
因為我實在非常勤奮地持續工作，下一個爸爸也非常高興！
不過有一天，被發現這是贗品。
可是第二個我和爸爸，得到朋友的幫助所以能夠繼續工作。

第三個我真的是勤奮工作的人！
雖然還沒有誕生，不過會永遠不停地持續工作！
快點誕生吧！快點誕生吧！大家都一直這樣說！
但是有一天，被發現我無法誕生。
所以第三個爸爸，放棄了第三個我。
這種行為不可原諒！有很多爸爸在等待著我！

財富！名聲！還有人類的夢想！只要我誕生就能獲得！所以拜託……不要放棄我……！縱使，真實才是答案……！」

耀一開始用手指出了文件中的「我」。

「第一個推測。要假設文章裡的『我』並不是指特定人物，而是創造物X。」

「哦……？」

「再來是第二個推測。所謂的『爸爸』則是試圖透過不同過程到達創作物X的製作者A、B、C。」

「這是因為雖然『我』是共通的一個人，但相較之下『爸爸』卻被記載為複數。所以這種推測可以解開文章中的『我』和『爸爸』之間的矛盾。」

聽到飛鳥的補充說明，莎拉很佩服地點點頭。

「原來如此……『爸爸』之所以被寫成複數，其實是在暗喻『我』是人造物嗎？」

——理解到這個程度後，可以說謎題幾乎都解開了。

這個恩賜遊戲被分為三章並以此建構而成。

內容是在描述各自的製作過程。

第一章是製作者A的失敗紀錄。

第二章是製作者B的附屬性質的成功紀錄。

第三章是製作者C和創作物X的未來。

換句話說遊戲的主辦者是——經歷過三次鑽研過程的特定人造物或是研究成果本身經過擬人化之後產生的靈格。

恐怕是近似神靈或惡魔之類的「概念上的存在」吧。

「歷經三個世代，被探討、鑽研過的『某物』……這就是創作物X的真面目嗎？」

接下來就是知識量多寡的問題。求出同一創作物X的公式隱藏在文章裡，那麼只要翻找各式文獻並準備相對應的解答就可以了。

畢竟這類遊戲大部分都是以「揭發出主辦者真面目」的形式來落幕。

只要明白「我」的真面目，那麼距離破解遊戲想必也不遠矣。

莎拉感到佩服的同時，也對耀送上充滿興趣的熱烈視線。

「了不起。明明身為女性，不但長於武藝，居然連智慧也如此優秀，真是讓人敬佩……話說回來春日部小姐，妳對目前所屬共同體的待遇是否有不滿呢？」

「咦？」

「什麼？」

聽不懂莎拉此話何意的兩人同時出聲。

莎拉使勁握住耀的肩膀。

「例如是不是對同志感到不滿呢？或是覺得財政上捉襟見肘啦，還是希望食衣住等方面的水準能夠提昇之類。」

「並……並沒有……莉莉煮的飯菜都很好吃……」

「是嗎是嗎，春日部小姐對共同體的待遇著重於飲食方面嗎？這樣很好——順帶一提，如果成為我等『龍角鷲獅子』聯盟的一員，那麼每夜每晚都可以享受極盡奢華的菜餚……」

「等……不……不行呀！莎拉！我不允許妳繼續進行更進一步的挖角行為！」

到了這邊，飛鳥也發覺莎拉的意圖並立刻介入。

耀雖然因為突然的挖角行動而有些受驚，不過還是帶著苦笑回答：

「是嗎……那要請妳準備美食了，莎拉。」

「春日部同學！」

「很好包在我身上！」

「不……不行！絕對不行！『No Name』禁止挖角！」

飛鳥抱住耀的頭並猛然後退。很難得，她真的十分驚慌。

眼中依舊散發著光輝的莎拉露出彷彿獵人的視線，這邊也是少見的認真。

開心旁觀兩人模樣的耀強忍著內心的笑意，把視線投向莎拉。

「對不起，莎拉。『No Name』好像禁止挖角。」

「唔……既然是那樣也沒辦法。不過我們這邊還有僅限聯盟的同伴才能吃到的美食……」

「——動搖。」

「也禁止感到動搖！因為春日部同學絕對是我們的同志——！」

飛鳥感覺到從某個角度來看這是比魔王還可怕的威脅，直接抱著耀離開議長室。而且還繼續邊大叫邊衝下大樹。

還算認真在挖角的莎拉帶著點遺憾目送兩人離開。

——但是，她立刻想起兩人的來意並臉色大變。

「糟了……！喂！有人在嗎！」

「是……是的！有何吩咐？」

「立刻前往那場恩賜遊戲的入口，貼出禁止任何人進入的公告！聽好了，任何人都不可以進去！」

聽完莎拉命令的部下慌慌張張地離開大樹。

確認部下已經行動的莎拉疲勞地在椅子上坐下，抱住腦袋。

「那個特殊的『契約文件』格式……恐怕那是——」

——利用「主辦者權限」舉辦的考驗。而且既然對方能以特殊格式來掩飾遊戲內容，那麼即使判定背後有著靈格相當高的主辦者也沒有問題。

因此莎拉推測那是由魔王創造的陷阱遊戲。

就算飛鳥和耀擁有優秀的才能，但凡事總有個萬一。就算已經知道敵方的身分，還是該先做好相對應的準備再去挑戰。

「算了……我已經派人前往現場，應該不會做出勉強闖進的亂來行為吧。」

莎拉甩甩頭趕走不安。

接著她捲起袖子振作精神，開始和辦公桌上堆積如山的資料戰鬥。

＊

——「Underwood」大地的裂縫。

莉莉一打開門，立刻跟以前一樣出現大量炫目光輝刺激著她的眼睛。

無數無法以筆墨形容的高雅裝飾品和古董被排放在玻璃展示櫃裡，還有鑲嵌著紅寶石的黃金戒指，以及那張裝飾著上方，精心表現出鮮艷設計的帷幕。

那張帷幕散發出不輸給貴金屬的高貴光輝，肯定出自於有名大師之手。

至於有些過於華麗的地毯前方，則擺放著以精巧緻密的技術來製作而成的古董。

從衣櫃或時鐘等具備實用性的物品到一些用途不明的東西……例如似乎是靠浮力來持續轉動、類似水車的神祕物體，以及毫無意義地繼續晃動的鐘擺式人偶等等，這裡準備了種類相當豐富的商品。很明顯，店內有著比外觀更寬廣的空間。

「——咦……？」

莉莉的聲音在無人的店內迴響，然而這聲音絕對不是對眼前各式燦爛商品獻上的感嘆。

的確，面前出現的景象正是豪華絢麗又典雅堂皇的內部裝潢。

跟上次相比，並沒有任何一絲破損。

「──────」

沒錯──居然沒有任何一絲破損。

「怎……怎麼會……？」

莉莉如同呻吟的聲音裡帶著近似恐懼的情緒，這是理所當然的反應。

這間店的內部裝潢應該在昨晚莉莉和十六夜等人一起逃走時就變得殘破不堪了。精心設計的大量裝飾品粉碎，衣櫃被破壞，連帷幕也被扯裂捨棄。

明明是那樣，眼前的內部裝潢卻呈現出和先前絲毫不差的擺設。

看到如同加洗照片般被完美修好的室內，莉莉膽怯地垂下狐耳。

（這就是……真正的恩賜遊戲……！）

店內的燦爛裝飾已經無法掩蓋那份詭異感。

這裡是黃金的魔境，是以財富和名聲為餌，吞食獵物的野獸胃部。

雖然年幼的內心有察覺到這份卑劣，然而莉莉仍舊振奮精神往店內前進。

燦爛輝煌的店內依然感覺不到人跡。最深處和以前一樣，只有手上拿著「契約文件」的藍

眼人偶坐在那張似乎屬於店長的椅子上。

店長的椅子旁邊還有張桌子，上面展示著莉莉想要的東西。

「有了！……不過，果然還是買不起嗎？」

「唔～」莉莉甩著兩根尾巴陷入思考。

然而立刻有人從背後對她搭話：

「——真是不可思議的客人。不想要金銀，而是想要木製的胸針嗎？」

「呀啊！」莉莉慘叫著回頭。只見眼前出現了氣質已經和先前完全不同的人偶。

她的眼中綻放著帶有意志的光彩，肌膚像是有血流通過般地透著紅潤。腳步輕快又優雅，靜靜佇立的身影讓人聯想到有教養的淑女。

莉莉雖然因為突然動起來的人偶而大感驚訝，但還是戰戰兢兢地發問：

「呃……妳是這場遊戲的主辦者嗎？」

「不是，我是負責進行這場遊戲的司儀，也是這建築物的主人，名字叫作柯碧莉亞。為了款待客人，我一直在這個位置等待……還有，店內請保持安靜。」

人偶舉起食指放到那可愛的紅唇上，建議莉莉靜靜聆聽。

知道這個自稱柯碧莉亞的人偶並沒有敵意後，莉莉「唰！」地豎起狐耳並不解地歪歪頭。

「……妳是人偶嗎？」

「是，的確是。Fox。」

柯碧莉亞點頭回應，莉莉就睜著發亮雙眼跑到她身邊。

「哇……！這是我第一次看到這麼漂亮的人偶！」

莉莉「唰！」地豎直狐耳並握住柯碧莉亞的手。

莉莉對柯碧莉亞送上只能以純真來形容的眼神和坦白直率的稱讚。雖然她的表情並沒有改變，不過還是眨了幾次眼睛，並拉起裙角行了一禮。

「謝謝妳，Fox。妳的狐耳也非常迷人喔。」

「是……是嗎？」

「是的，看到妳那天真爛漫又自由奔放的狐狸耳朵，會讓人產生想要把手放到耳朵上面往下壓壓看的衝動。」

柯碧莉亞這麼一說，莉莉就靦腆地嘿嘿笑了。雖然不確定人偶到底是在諷刺還是有意稱讚，不過看來兩個人很合拍。

自我介紹都已經結束的莉莉和柯碧莉亞同在椅子上坐下，接著莉莉開口詢問有關於這間店的事情：

「那……那個啊……小碧。」

「小碧？」

「咦……啊，嗯。小碧你是這間店的店長嗎？」

突然的暱稱讓柯碧莉亞以詫異表情反問。

莉莉並沒有注意到這點而是繼續話題。柯碧莉亞只有一瞬間放鬆了無表情的臉孔，不過立刻恢復人偶該有的表情並回答疑問：

「是的。這間店的買賣託付給我處理，只要能收到貨款就可以交易。」

「真的嗎！那麼，可不可以把這個胸針賣給我呢……！」

莉莉「唰！」地豎起狐耳，睜著發亮雙眼把胸針往前遞。

柯碧莉亞一言不發地拿起胸針，以有點為難的態度把視線朝下。

「……這個並不是拿來販賣的商品。」

「咦？」

「是我為了排遣時間而刻著玩的東西，所以沒有標價。如果妳想要請自由拿走，Fox。」

柯碧莉亞把胸針輕輕放到莉莉手上讓她握著。

然而莉莉卻更用力晃動狐耳和兩根尾巴，眼神也閃閃發亮。

「這個胸針是小碧妳做的？」

「是，雖然只是依樣畫葫蘆的差勁技術……」

「沒……沒那回事！明明是非常可愛的胸針！」

莉莉豎起狐耳給予讚美。

那純潔的眼神中沒有任何的算計或企圖。在率直感動的衝擊下，柯碧莉亞似乎有點困擾地紅了臉頰。

莉莉原本開心望著胸針，卻突然以想到某事的態度開口發問：

「……小碧妳為什麼獨自一人在這間店裡呢？」

她提出了理所當然的疑問。然而是不是不該問呢？柯碧莉亞原本泛紅的臉頰突然發青，抱住自己纖細的身體讓人工軀幹發出嘎吱聲響。

柯碧莉亞壓抑著難以按耐的激烈情感，靜靜地說道：

「因為……我被捨棄了。不是被別人，而是被打算製造出我的父親。」

「……咦？」

——被父親拋棄。

這句話深深貫穿了莉莉的內心。

「被父親……捨棄……？」

「……是的。父親的愛是我唯一的存在理由，我卻失去了那份愛……不，我想這種感情必定從一開始就不曾存在過吧。聚集在我身邊的父親真正想要的東西，就只有我身上的附加價值。結果我卻自以為是地產生自己受到人類追求的錯覺，還一直等待能夠完成我的人。明明像這樣的命運之人——根本不可能出現……！」

柯碧莉亞的慟哭。

失去父親愛情的傷口。

她無法抑制原本引以自豪的存在理由慘遭貶低的悲傷，流下了大顆的眼淚。

（被父親拋棄……自己孤零零一個人待在這間店裡……）

莉莉雖然不知道背後的隱情，但是能體會到柯碧莉亞沉浸在多麼深沉的悲傷中。

三年前——必須和母親分離的時候。

莉莉還記得那是多麼悲傷的別離。所以被父親捨棄的柯碧莉亞所感受到的悲傷，肯定是更為強烈的痛苦。

莉莉略為躊躇地把手伸向柯碧莉亞那一頭翠髮，摸著她的頭以表安慰。

「沒有那種事。我的母親大人曾經說過，無論分離多遠，父母親都會思念自己的小孩。」

「……那才是幻想，Fox。這個建築物是遭到捨棄者聚集的場所，只要往更深處前進，就會看到其他數量多到滿出來的被捨棄者。」

「是……是這樣嗎？」

一瞬間——莉莉的腦中閃過了「那個」的身影，她趕緊拚命地集中意識傾聽柯碧莉亞的發言。

「那，小碧妳手上的『契約文件』是……」

「……那是為了尋找能夠完成我的人而準備的遊戲，不過那遊戲——」

柯碧莉亞講到這邊，不自然地閉上了嘴。莉莉並不明白這個動作代表什麼意義，但是她唯一有理解的事情，就是不能把這個人偶就這樣丟在這裡自行離開。

莉莉握起垂著眼傷心的柯碧莉亞的手，指著出口說道：

「離開這裡吧，小碧。即使待在這種地方，也找不到新的父親呀。」

「……我辦不到。要是我打算逃走……那個會展開攻擊……！」

「別……別擔心！十六夜大人會解決那些很有肌肉的人……」

「不是……！這棟建築物被更恐怖的東西監視著……！」

柯碧莉亞纖細的身體顫抖著。

下一剎那——一陣深灰色的風咻地吹過了兩人之間。

這能夠以肉眼看見的不自然陣風讓莉莉不解地歪了歪腦袋。

然而柯碧莉亞卻發生了戲劇性的變化。

「請……請趕快逃走！Fox！」

「咦……？」

「那傢伙……『衰微之風』要來了——！」

這瞬間，深灰色的風暴吹過了黃金之館。

深灰色的風暴讓豪華絢爛的內部裝潢一一風化，就像是在吞食光輝般地四處衝撞。接著極盡貪食行徑的風暴立刻覆蓋住兩人。

——有誰知道呢？

這陣風正是能夠殺盡百萬神群和惡魔的最強弒神者。

無形無貌的魔王，「衰微之風（End Emptiness）」。

在箱庭裡橫行的「天災」一口氣露出了它的獠牙。

*

在極盡奢華裝飾的黃金之館中——「毀滅」正在具體成型。

這是在眾多魔王中也被特別視為異類，使得魔王們被稱為「天災」的元凶。正因為這個魔王是「天災」，因此不像其他魔王有著目的。

有時會成為考驗的邏輯。

有時則會化為時勢的怒濤。

是從時間的盡頭被召喚而來，又只會往追憶的另一端離去的存在。

它的名字是——魔王「衰微之風」。

讓信仰衰退，讓恐懼被遺忘，讓鑽研中途斷絕的無形無貌魔王。

無論聚集多少崇高神聖的意志，也和「衰微之風」無關。這陣風來自時間盡頭，會讓所有物質和一切概念受到消磨。

這陣深灰色的風正是貪婪地殺死百萬神群和惡魔的最強弒神者。

「快……快點逃走吧！Fox！」

一臉蒼白的柯碧莉亞催促莉莉趕緊逃走，然而完全已經太遲了。

這棟建築物是被遺棄在回憶盡頭的黃粱一夢。如果想要離開這裡，就必須展示出相符合的價值——也就是能夠克服考驗，而且強大到不會因為時代洪流而削減磨耗的靈格。

如果連這點都無法辦到，那麼毫無例外會被「衰微之風」的血盆大口啃咬撕裂。

包圍住所有方向的深灰色風暴對著兩名少女一口氣表現出試圖攻擊之意。

「嗚……！」

「——莉莉，快趴下！」

這時，少女的怒喝聲傳進了莉莉她們的耳裡。

接著燦爛閃耀的閃光羽翼擋住了在黃金之館裡肆虐暴動的深灰色風暴。

「怎麼會……居然打退了『衰微之風』！到底是誰——？」

「飛鳥！救出兩人！白雪小姐請提供支援！」

「知道了！」

「了解！」

兩名少女跳到了目瞪口呆的柯碧莉亞面前。

莉莉「唰！」地豎起狐耳，衝向兩名救援人員。

「飛鳥大人！耀大人！還有白雪姬大人！為什麼妳們會來到這裡……」

「那是我們想問妳的問題！為什麼莉莉妳會在這間店裡！不是說過很危險所以不可以靠近

嗎！」

受到飛鳥的斥責，莉莉心虛地垂下狐耳。

白雪姬和耀一起讓水流形成水龍捲，試圖把「衰微之風」往後推。然而白雪姬引起的水流一碰到深灰色的大氣，立刻宛如煙霧般潰散並完全消失。

目睹這詭異現象，滿臉蒼白的白雪姬不顧一切地大叫：

「夠了！今天是什麼倒楣日子！我可沒聽說有『衰微之風』盤據在這裡！」

「……『衰微之風』？」

「是這隻怪物的名字！在這個諸神的箱庭中，擁有許多別稱的『天災』代名詞！

『徘徊的末世論（Last Décadence）』！

『盡頭的暴君（Greed Crown）』！

『同類相食魔王』！

會吞噬神佛、生命、星辰光輝的純粹魔王——就是這陣風的真面目！」

白雪姬一邊大叫，同時繼續讓水流攻擊對方。然而水流別說要阻擋「衰微之風」，甚至在雙方接觸的同時就會消散。這並不是蒸發現象。

如果要比喻，那麼這陣風——就是把調色盤的內容整個潑向世界的大風暴。

「衰微之風」把白雪姬的水流完全染成了深灰色。

「不可以碰到這陣風！這玩意不分有無恩賜都會全部吞噬！在它面前一切力量都只不過是

紙糊的老虎！當接觸的瞬間，靈格就會被粉碎消滅……！」

即使知道是白費力氣，白雪姬依然放出水流保護飛鳥等人。

另一方面，耀則趁這段期間利用「光翼馬（Pegasus）」護腿所產生的璀璨旋風來防禦「衰微之風」。

不過這樣做並沒有擊退對方，畢竟只靠區區光翼馬的力量並無法阻止「衰微之風」。況且追根究柢來說，這陣風本身就是只容許單方向干涉的不敗魔王。

因此耀並不是靠力量——而是利用「衰微之風」擁有的習性來保護三人。

（——這陣深灰色的風在破壞時，看起來似乎是在吞食周圍黃金的光輝。換句話說，這陣風有聚集到光源附近的習性。）

然而她並沒有百分之一百的把握，可說是聽天由命的行動。

萬一耀的推測錯誤，她們所有人恐怕會一個也不剩地遭到「衰微之風」的毒手吧。

耀滴著冷汗，注視眼前這陣瘋狂肆虐的貪食風暴。

（這是我出生至今第一次的經驗……居然會有光是接觸都有危險的風……！）

耀不知道「衰微之風」是擁有何種力量的敵人。

然而她那媲美猛獸的敏銳直覺，已經預測到必然的敗北。

那陣風是和他們曾經交手過的魔王——巨龍或死神等處於完全不同向量的威脅。如果要正面對戰，她們根本沒有勝算吧。

趁著「衰微之風」還忙著吞食璀璨旋風的期間，耀抓住三人的手往空中飛翔。

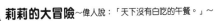

「飛鳥！莉莉！還有……呃，不認識的人！我要離開這裡所以抓緊！」
「不……不行！要是我從這裡離開……」
「理由晚點再聽！現在的當務之急是逃離這裡！」
「嗯，春日部，把『衰微之風』誘導到店內深處吧！」
耀全力放出了璀璨旋風，把「衰微之風」引往建築物的深處。發現誘餌的「衰微之風」宛如野獸般地貪婪吞噬那份光輝。
五人趁這段時間從黃金之館——追憶的牢籠中脫身。

*

——「Underwood」貴賓室。
大樹下的城鎮因為在準備收穫祭而顯得很熱鬧。而一行人則都聚集到只要往下俯瞰，就可以欣賞到棲息著眾多精靈的大河河畔的這間貴賓室。
十六夜原本在廚房進行法式南瓜鹹派的事前準備，後來在前往那間店的途中偶然和飛鳥等人會合，並把白雪姬暫時託付給她們。
「哎呀哎呀……是因為妳們氣勢如虹地表示已經解開遊戲了我才交給妳們處理，結果看起來似乎是慘敗呢。」

坐在貴賓室椅子上的十六夜翹著腳聳聳肩，把剛回來的飛鳥等人嘲笑了一陣。飛鳥和耀不高興地嘟起嘴巴，不過依然沒有反駁而是保持沉默。

飛鳥一行五人回到貴賓室後，和十六夜與嘎羅羅兩人會合。

聽完來龍去脈的兩人臉上各自浮現出不一樣的神色。

表情特別嚴肅的嘎羅羅低聲沉吟了一會，接著抬眼瞪向飛鳥等四人。

「……我明白發生什麼事了。換句話說，那個人偶就是『衰微之風』的目標吧？」

「嗯。」

「那麼事情很好解決，現在立刻把那個人偶放回店裡去。」

嘎羅羅以不允許提出異議的語氣立刻做出決斷。

莉莉用力豎起狐耳並提出抗議。

「怎麼能那樣做！要是現在回到那間店，小碧會有危險！」

「會有吧。不過再這樣下去危險將會波及『Underwood』全域……而且對手是『衰微之風』，在箱庭裡也算是最上級的危險天災之一。面對這種一般認定不可能打倒的怪物，小姑娘妳倒是說說打算怎麼辦？」

「可……可是……！」

用力動著狐耳和兩根尾巴的莉莉還想繼續抗議。然而只不過是個普通少女的她當然提不出什麼對策，她立刻垂下狐耳和兩根尾巴閉上了嘴。

白雪姬臉上雖然同樣帶著嚴肅表情，不過樣子似乎有點不同。

「……嚴格來說，有能夠把『衰微之風』趕回去的方法。」

「真的嗎！」

「嗯……狐狸小姑娘，妳還記得風是什麼顏色嗎？」

「顏色？」莉莉重複一遍並歪了歪頭。

繼續保持嚴格表情的白雪姬做出補充：

「『衰微之風』是所屬位數會根據本身顏色而有所不同的魔王。黑色最強，白色最弱，我們交手過的是深灰色——可以判斷等同於五位數。」

「五位數……？」

「那東西無法讓比自身高的靈格衰微……不，這樣講有點不對。正確來說，應該是『不被允許吞噬比自身高的靈格』這種講法在細微語感上才精確。」

白雪姬自言自語般地喃喃說著。

看到莉莉表現出更為不解的態度，白雪姬「嗯哼」咳了一聲後重新面對她。

「重點就是——『為了打倒衰微之風，需要其隸屬階層以上的旗幟』。」

「這……！」

——不可能達成。莉莉把差點脫口而出的話又勉強吞了回去。

五位數以上的共同體都是在上層建構根據地的組織。現在的「No Name」並沒有足以拜託

那些共同體出借旗幟的人脈。

和低著頭的柯碧莉亞依然四手緊緊相繫的莉莉求救般地看向十六夜。

「即使是十六夜大人……也沒有辦法嗎？」

「————」

十六夜繼續雙手抱胸讓意識沉澱，彷彿陷入了深沉的冥想。

然而他的心中也早已得出答案。倘若正如嘎羅羅所說，「衰微之風」是不敗的怪物，那麼十六夜也不確定自己能不能打倒它。

連面對星靈阿爾格爾、死神珮絲特、太陽巨龍時都毫不畏懼的他，現在卻感覺到有超越這些的「某種玩意」正在逐漸蠢動逼近自己腳邊的詭異感。

如果即使這樣還是要出手拯救柯碧莉亞——

「……只能破解遊戲嗎？」

「咦？」

「喂，嘎羅羅大叔。那個『衰微之風』是被視為遊戲邏輯而被召喚出的魔王吧？」

「……嗯，根據得來的情報，這次的案例毫無疑問是這種類型吧。」

「好。接著是大小姐，妳現在有帶著迪恩嗎？」

「當然。不過它的單手還是損壞狀態，如果要參加激烈戰鬥……」

「這樣就夠了，我並不是要讓它上場戰鬥。接下來還要確認——」

十六夜一轉身，從正面注視柯碧莉亞。
擁有翠綠色頭髮的少女依然低著頭不打算看向十六夜——但十六夜用雙手抓住她的臉，使力強迫她往上看。
從至近距離望著藍色眼眸的十六夜瞇起眼睛仔細觀察。
「喂！妳這個遜人偶，打算閉著嘴耍性子耍多久？明明在這裡的每一個人都在討論到底要如何安排妳的待遇啊。」
「……什麼待遇是不需要討論也顯而易見的事情，只要我回到追憶牢籠裡就能解決。」
「嗯，是啊。那是最簡單又最安全的方法，就算去問一百人也會有一百人這樣回答的安全策。畢竟就連我也覺得這次應該要那樣做。」
「那麼……」
「——問題是，要是那樣做，我們家的狐狸小姑娘並不願意認同。」
柯碧莉亞一驚，轉頭看向莉莉。
這個年幼的狐狸少女繼續握緊柯碧莉亞的手，以沉默主張著不屈。
別擔心——我一定會想辦法救妳。
「嗚……可是！根本不可能破解遊戲啊！因為換句話說，要破解遊戲就是要讓『我』完成！這是至今為止曾有幾百幾千名研究者進行挑戰，但是卻無法到達的成果！畢竟，『我』是人類最後嚮往的幻想——」

「——第三類永動機。即使曾經被視為可能達成，最後還是被當作架空產物捨棄並衰微的驅動理論。」

「是吧？」十六夜得意地笑了，而柯碧莉亞卻瞪大眼睛說不出話。

然而因為這解答而更加吃驚的人，是靜靜旁聽的飛鳥和耀。

「咦？怎麼會？」

「……第三類永動機不是這場遊戲的答案嗎？」

「不是啦，要做到『完成第三類永動機』才是這個遊戲的解答。所以我才說這是沒有解答……無法克服的考驗，也就是『悖論遊戲』。」

在這個修羅神佛聚集的箱庭世界裡，將「尚未到達的技術設定為解答」絕對沒有違反規則。

即使是像永動機這種在製作過程中牽涉到悖論……也就是矛盾命題的技術，只要無法到達依然會敗北。以陷阱遊戲來說，無疑是最惡劣的類型。

柯碧莉亞那帶有自虐感情的雙眼第一次映出十六夜的身影，並轉換成寂寞的神色。

「是嗎……你是從二〇〇〇年代被召喚來到箱庭嗎？那麼你應該知道吧？永動機這個人類夢想的末路。」

「……嗯，關於這點我還是能聊表同情。」

十六夜放開手，靜靜點頭。

語氣變得比較柔和的原因，大概是十六夜風格的憐憫吧。

——第三種永動機。

正如名稱所示，是指能永久持續驅動的機械之總稱。也是原本被堅信人類能獨立達成的最後幻想。

許多開發者將第三種永動機定為最後的高峰，並渴望獲得成功後的財富與名譽。然而隨著時代進展，永動機逐漸淪落成妄想的產物。

在十六夜生活的二〇〇〇年代，永動機已經被視為架空的技術，很少有人追求。即使真有這種人，他們也不是追尋夢想的開發者，幾乎都是利用永動機這個甜美幻想來招搖撞騙的詐欺犯。曾經被持續相信真有一天能實現的人類之夢，到現在只不過是會吸引某些卑劣分子的搖錢樹。

所以曾經被吹捧為人類最終目標的她——永動機柯碧莉亞的尊嚴、榮耀甚至還有存在意義，都被染上欲望汙泥的鞋子所踐踏。

「榮耀這種光輝的殘渣……就是『我』的真相，『我』的存在本身就是矛盾。基於「確實存在」的前提，我被賦予了永動機之名，也被製造出並作為考驗用的恩賜，然而卻是絕對無法到達的終點。對於那傢伙來說，我是永遠不會耗盡的無限美食。所以如果要阻止『衰微之風』，只能破解遊戲，並獲得永動機的光輝——」

「所以啊，我就是在說要給妳那份光輝。」

「——咦？」這次柯碧莉亞真的啞口無言。

十六夜咧嘴一笑，伸手彈了柯碧莉亞的額頭後開口說道：

「這個遜人偶，妳以為這個世界是哪裡？這裡可是聚集了修羅神佛的箱庭啊。的確單憑人類之力或許無法到達永動機……然而只要有恩賜，就能夠重生為近似永動機的形式。」

「什麼……？」

柯碧莉亞押著紅腫的額頭，雙眼因為驚愕而動搖。

十六夜以手扠腰，對著柯碧莉亞宣告：

「從今天開始，妳不再是永動機柯碧莉亞。而是我們『No Name』製造的新人偶——神造永動機柯碧莉亞。」

*

——「Underwood」收穫祭市場的裂縫。

在上弦月登上天頂的時刻。

向收穫祭市場發布了暫時避難公告後，現在由冷清的空氣支配了周遭一帶。雖然目前正是前夜祭的最高潮，但是大樹都市卻像是陷入沉睡那般地不見人跡。城鎮中只能聽到大河的潺潺水聲和大樹枝葉搖晃的聲音而已。

春日部耀、白雪姬、還有狐狸少女莉莉站在現在安靜得讓人很難相信剛剛還在進行正式祭典準備工作的市場中心。

「『衰微之風』大概會花幾小時到一整天的時間，才會從建築物內湧出。在柯碧莉亞完成之前，我們必須負責阻止它。」

「夠了，不要說得那麼輕鬆。雖然不是本體，但那也是純粹的魔王啊！」

覺得自己抽到下下籤的白雪姬以埋怨的眼神看著耀。

莉莉忙碌地甩著兩根尾巴，並以很過意不去的態度抬頭看向兩人。

「真是非常抱歉……我沒想到事情會演變成這樣……」

莉莉縮著狐耳低頭道歉。原本還以為白雪姬會繼續抱怨，然而她卻出乎意料地以手扠腰搖了搖頭。

「就算這麼說，這也不是妳有必要道歉的事情……嗯，如果要講真心話，我甚至覺得佩服。想要為朋友戰鬥的那顆俠義之心，我會給予高評價喔。」

白雪姬以受到感動的態度把手放到莉莉的頭上，連同狐耳一起摸著她的腦袋，還發出了讓人聽起來很舒服的唰唰聲響。

耀原本帶著微笑旁觀這幅光景，之後又收起表情像是更加鼓起鬥志。

「兩位，麻煩妳們按照作戰行動。要是有危險就逃走吧，之後全部會由我負責處理。」

「嗯，妳是最後的堡壘，可千萬別失敗。」

「耀大人，拜託您了！」

莉莉「唰！」地用力豎起狐耳，接著對耀一鞠躬。

當三人正看著彼此互相確認自己的任務時。

市場的裂縫中傳來類似低音振動的地鳴聲。

*

——「Underwood」地下工房。

「……說是那樣說，但實際動手製造的是我們吧。」

稍微回溯一點時間，地點是地下工房。

在大樹地下喃喃說了這樣一句話的人，是擁有蒼炎旗幟的「Will o' wisp」的大參謀，傑克南瓜燈。

聽十六夜解釋完來龍去脈後，他左右晃動著南瓜頭，觀察柯碧莉亞和另一個人偶——以神珍鐵製造的紅色鋼鐵人偶迪恩。

接著他把迪恩的部分碎片放進灼熱火爐裡燃燒，並露出感到很詫異的笑容。

「不過居然希望我製造永動機，還真是誇張的委託。話先說在前面，我只是普通的鐵匠喔。」

「我知道啦，但是沒有其他能拜託的共同體，也沒有似乎能實現這委託的共同體……你知道永動機的理論吧？」

對於十六夜這挑釁般的發言，傑克以平靜的語氣回答：

「嗯，還算了解。應該是『不需要接受來自外部的能量就能持續運作的機械』吧？不過那個已經因為熱力學……『熵增大的法則』獲得確立而被徹底認定不可能實現了吧？」

「但是實際上，只要使用箱庭的貴金屬就能解決那個問題。畢竟這個迪恩已經實際具體展現出成果了。」

「呀呵呵？」傑克歪著南瓜頭開始思考。

在旁邊待命的飛鳥也同樣微微側了側腦袋，並對著十六夜提問：

「呃……這到底是怎麼一回事呢，十六夜同學？」

「是很簡單的理論。大小姐知道蒸氣火車頭是基於何種原理才能移動嗎？」

「別瞧不起人，這點小事我也懂……呃，是利用周圍的熱和氣壓來驅動車輪吧？」

「沒錯。蒸氣火車頭的引擎會燃燒煤炭來製造出溫度差異，並利用活塞運動來驅動。然而如果沒有溫度差異，活塞就不會移動，也無法獲得能量。這就是有名的熱力學第二法則，也就是所謂的熵增大的法則。」

「……是……是啊。」

飛鳥以含糊的回應來敷衍著。對於身為昭和女性代表，年僅十五歲的大小姐來說，這的確是有些困難的話題吧。

十六夜強忍著苦笑，回頭面對傑克並繼續說明：

「然而只要有神珍鐵就能克服這個問題。畢竟那是會伸縮的金屬，只要用物質的伸縮來彌補關鍵的活塞運動，就能以簡單的構造來完成永動機了。」

啪！傑克握拳捶了一下手掌，像是理解地點點頭。

「呀呵呵！我總算充分明白了！如果可以把構造簡略化到那種程度，那麼把精煉作業交給我也的確沒問題！」

「嗯，關於構造我也會從旁提供建議。剩下的問題是……能不能獲得大小姐的許可吧？」

十六夜瞄了飛鳥一眼。握在他手中的神珍鐵碎片是迪恩被巨龍咬碎時受到的損傷，這是希望飛鳥能轉讓一部分碎片的申請。

神珍鐵基於總量來決定最大重量和靈格高低。雖說這只是小小的碎片，然而一旦出讓，就算是即使程度輕微也會造成迪恩的靈格略為縮小。

「哦……原來之前說需要迪恩就是這麼一回事嗎？」

「正是。只有這點要是沒有先取得大小姐妳的同意那可不太妙……所以，妳意下如何？」

「哪有什麼如何不如何，根據這種情勢發展，我也只能接受吧。」

飛鳥似乎有點不滿地嘆了口氣。

看到這反應的傑克豎起食指，彷彿想到了什麼主意。

「那麼不如這樣吧。由十六夜先生全面負擔迪恩的修理費，作為從飛鳥小姐那邊取得神珍鐵碎片的代價，怎麼樣呢？」

「咦？」

聽到這突然的提案，兩人各自發出不同的訝異叫聲。

尤其是飛鳥的反應很激烈，先前那種不滿的表情出現一百八十度的轉變，她握起傑克的手，發出帶有狂熱情緒的喊聲：

「真的嗎！迪恩真的可以修好嗎？」

「呀呵呵呵！這是輕而易舉的事情！雖然神珍鐵的加工過程會比較費工，不過只要能給我一個月的時間就可以修復！……只不過必須收取相當的費用。」

——講到這邊，傑克瞄了十六夜一眼。

這邊也是態度有了一百八十度的轉變，正在以不滿表情搔著腦袋，然而主動提起這個話題的人正是十六夜自己。最後他以死心投降般的態度舉起雙手笑了。

「ＯＫ，明白了。如果可以事後付款，就由我來負擔吧。」

「呀呵呵呵！當然可以囉！因為我方在付費方面從一次付清到分三十六期付款都能夠接受！」

傑克笑著搖晃南瓜頭。在這次的事件中，獲得最大好處的人說不定就是這個南瓜怪物。

另一方面，柯碧莉亞正躺在工房的置物台上，靜靜地等待施工。

（神珍鐵……能伸縮自如的金屬。只要使用那東西，毫無疑問我將會以永動機的身分完成吧。即使那並不是單憑人類自身力量到達的終點……）

柯碧莉亞搖著頭，像是想甩掉覆蓋住內心的鬱結情緒。

現在不是介意這些事情的時候，首要之務是必須趕走「衰微之風」。如果沒能辦到這一點，柯碧莉亞就沒有思考未來的資格。

（Fox，妳說的對。至今為止我一直只有祈禱自己等待的對象能前來找到「我」。然而如果真的想實現夢想……應該要由「我」主動去尋找命運之人才對。）

為了達到這個目標，她把自己的自負趕進角落。

無論如何都必須脫離名為過往榮耀的腳鐐。

現在正是離開追憶牢籠，自己主動邁步前進的時刻。

「那麼我要進行改造了。柯碧莉亞小姐，妳做好心理準備了嗎？」

「——是的，麻煩你了，Pumpkin 鐵匠。」

＊

在收穫祭的市場上，瘋狂吹襲的暴君正在地獄深處低聲嘶吼。

由於這個魔王沒有目的，因此也沒有知性。

耀和白雪姬立刻擺出備戰態勢，瞪著裂縫的深處。

「……要來了，兩人都快點準備！」

聽到耀的號令後，白雪姬和莉莉點起現場準備好的火把。

在火把照耀下變亮的市場上，堆積著大量的柴薪和可燃性的物品。

「那陣風有靠近光源的習性！要盡量讓它分散，削弱對方的力量！」

「了解！」

「知道了！」

話聲剛落，三人就同時各自散開行動。莉莉四處把已經塗上油的柴薪一一點燃，白雪姬則跑向堆積成山的報廢材料。

耀裝備上光翼馬護腿，刮起璀璨旋風飛上高空。

她們想藉由分散到上下左右的做法，來多少防止一些「衰微之風」造成的損害。

（嘎羅羅先生說過，最糟的情況就是要把柯碧莉亞送回店裡。為了避免變成那樣，我必須盡量多爭取一點時間。）

耀從上空看著「Underwood」的瞭望臺，旁觀事態發展的嘎羅羅正待在那邊。萬一發生耀或莉莉等人有可能被逼上絕境的情況，他就會立刻行動吧。

為了不要演變成那種事態，耀必須帶領其他兩人。

（……來了！）

地鳴聲變成了爆炸聲。將店裡的諸多光輝一口氣貪婪吞噬的魔王瞬間撞破黑漆門扉，從大地裂縫中顯現出其身影。

順便以餘波讓地下都市的裂縫崩塌的「衰微之風」接觸到大地後，就像是在吞食般地挖空地面並使其消滅。然而就算它吃下了再多土塊也不會滿足吧。

「衰微之風」一發現獵物，立刻一直線地瞄準春日部耀發動攻擊。

「咦……？」

「怎麼會！」

到處點燃物資的白雪姬和莉莉發出了驚愕的喊聲。吞噬過光翼馬放出的耀眼光輝並因此嚐到甜頭的「衰微之風」根本不理會篝火，一心一意地對耀發動襲擊。

這出乎意料的發展讓耀大吃一驚，但也不能繼續呆站在原地。她立刻在空中迴旋，把璀璨旋風撒向所有方位。

「這樣子如何……！」

她使出全副力量，想要誘導「衰微之風」。

然而效果卻很薄弱。雖然多少有點分散，但是盯上耀的「衰微之風」卻加強氣勢發動襲擊。

到了這時候，耀總算明白敵人的目的。

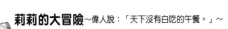

（這陣風……想要吃掉我……！）

就算璀璨旋風多麼耀眼，吃掉煙霧並不會讓飢餓感獲得滿足。將黃金之館吞噬破壞，還享受了燦燦旋風這種前菜的暴君，現在正渴望著能成為主菜的獵物。

如此一來，從正面對戰就只是自殺行為。

耀立刻察覺到不利，背對「衰微之風」在空中全速奔馳。

「不……不妙！一旦被那傢伙盯上就不可能甩開！」

「耀大人……！」

白雪姬和莉莉都發出了悲痛的叫聲。

正在被追殺的耀也因為從後方急速逼近的威脅而心生恐懼。一旦被這陣風逮到，自己將被吞食殺害，最後無論是骨還是肉都不會留下任何痕跡。

耀雖然對著背後放出全部的璀璨旋風，然而對於「衰微之風」來說只不過是如同紙糊老虎般的虛張聲勢，只要破壞並捨棄就能解決。

（我的想法太天真了……！即使沒有知性，這陣風依然是魔王……！）

四下逃竄的耀甚至連額頭都滴下汗水，然而雙方的距離卻已經縮短到充滿戲劇性的地步。

（不行……逃不掉——！）

死神的手指輕輕觸到耀的脖子……在這一剎那。

居然有個來自後方的人影超過了正在猛烈追趕耀的深灰色風暴。

「……喂喂！妳太早放棄了吧！春日部！」

以甚至能燃盡大氣的速度往前疾馳的人影把大樹的樹幹當成立足點，像子彈一樣噴射出來。

跳躍時讓全長據說有五百公尺的大樹也為之震盪的逆迴十六夜就這樣抱著耀往下著地。

一邊製造出隕石坑並堂堂站立的十六夜對著耀露出帶點挖苦的笑容。

「哎呀哎呀真讓人吃驚。我還覺得春日部妳給人一種更有骨氣的印象，真沒想到妳居然會那麼乾脆地放棄。」

「……哼，如果十六夜你這麼想，可以自己去試著讓那玩意追殺看看。」

「謝了免談。光是只看一眼，我也明白那東西有點異質。我不想和它正面衝突——而且，演員也到齊了。」

十六夜抬頭望向上空。可以看到先前還在瘋狂追殺耀的深灰色風暴正滯留在那裡，風暴像蛇一樣層層盤起，緩緩吹往「Underwood」的方向，並觀察著展望台。

在無形無貌魔王的視線前方——佇立著擁有藍色眼眸，讓散發出燦爛光彩的翠綠色頭髮隨風飄盪的柯碧莉亞。

「抱歉讓各位久等了，手術已經順利結束。而且——」

柯碧莉亞攤開一張羊皮紙。

其實是「契約文件」的羊皮紙在發出刺眼光輝的同時也巨大化，成為一面大型的旗幟在

「Underwood」上飄揚。

「——遊戲已經被破解。『衰微之風』，你已經無法消滅我了……！」

刻劃在大紅色布料上的旗幟，是重合的齒輪以及孕育著幻想的花蕾。

這面旗幟正是龐大財富和榮耀的證明。

將人類夢想過的最後幻想收於內部的永遠花蕾。

是共同體——「Last Embryo」的旗幟。

「快離開，『衰微之風』。『我』那永不終結的夢——『悖論遊戲』已經結束了。你若繼續現身於世等同於違反契約。那樣一來就算是不敗的魔王，也難逃被流放出箱庭的後果。」

柯碧莉亞綻放出燦爛的翠綠色光輝，以毅然的語氣如此宣告。她身上已經不再有憂鬱的陰影，過去被堅信是人類夢想的人偶，現在正散發出新的光輝。

無貌的魔王繼續滯留在都市的上空，不斷蠢動像是在評估情勢。

——的確，契約被達成了。

然而現在，周圍一帶的美食堆積如山。

它翻騰後平息，再翻騰又平息。這個動作看起來就像是在舔舌垂涎，也像是因為兇猛的欲望而糾結掙扎。

好想吃。

好想吃。

好想吃。這副模樣，宛如讓口水不斷大量滴落的獵犬。

從都市內抬頭看到這模樣的十六夜似乎失去耐心，狠狠咂舌後放聲大吼：

「喂！那邊的無臉魔王大人！要是你打算撕毀契約隨心所欲地亂來——我們這邊也會以相對應的違規手段來對付你！」

下一剎那，十六夜的右手放出極光。

從他手掌中溢出的光芒散發出不比太陽遜色的燦爛，照亮夜晚的都市。

深灰色的魔王雖然因為這投射出意料外光彩的極光而產生波動，但氣勢並沒有衰減。反而可以感到對方逐漸充滿喜悅。

——這下找到了很棒的伴手禮。

應該連具體身形都不存在的魔王笑了。

在甚至不滿剎那的短暫時間內，可以看到風暴的另一端似乎浮現出笑容，然而再下一瞬間就已經消失無蹤。眾人還以為「衰微之風」瞬間膨脹了起來，結果它卻立刻一直線朝著箱庭的中心——世界軸的方向迅速離去。

「衰微之風」的軌跡撕裂雲海，吞沒從雲層縫隙間撒下的星光後離開了現場。

「……這下算是解決一件事了吧？」

「是嗎？」

耀在十六夜身邊回應。雖然發生意料外的事態，但有成功將被害程度抑制在最小限度，沒有比這更好的戰果吧。十六夜似乎很滿意地以手扠腰並抬頭仰望星空，然後緩緩地把視線移向「Underwood」。

看到描繪出永遠花蕾的旗幟「Last Embryo」後，十六夜滿懷感慨地低聲說道：

「永動機……嗎？哼！說什麼已經衰微根本是胡說八道。明明建立起二十一世紀的人，正是那些拚命掙扎，一直想讓那花蕾綻放的傢伙們啊。」

十六夜瞇著眼睛回顧遙遠過往。

——他曾經在年幼見識過橫跨巴拉那河的巨大發電廠。

從在星球上循環的大河中抽出力量並轉換為城鎮燈光的那個技術，也是追求永動機的人們先建立了基礎，之後才得以完成。

或許以人類的力量不可能製造出永動機。然而卻有一種繁榮，是讓志向和時代共同累積後才能獲得。即使說那旗幟的光輝是人類獲得的光輝，也不算言過其實。

當十六夜還在感慨萬千地抬頭仰望「Last Embryo」的旗幟，就看到莉莉和白雪姬正在從遠方趕往這邊的身影。

「十六夜大人！耀大人！兩位沒事嗎～！」

「嗯，我這邊沒事。」

「不過剛剛的確有點危險。」

莉莉甩著兩根尾巴，氣喘吁吁地往這邊奔跑。

十六夜把耀放下，張開雙手笑了。

「好啦，麻煩事已經解決。就來品嚐法式南瓜鹹派，代替慶祝勝利的宴會吧。」

＊

——「Underwood」貴賓室。

趕走「衰微之風」一行人來到貴賓室，以十六夜烤好的法式南瓜鹹派為晚餐，正在開心閒聊。

熱呼呼的蒸氣和香味讓人不由得放鬆臉上的表情。耀看出這是烤過的白牛奶油起司，睜著發亮的雙眼凝視法式鹹派的派皮。

「哦哦……這是精心之作，看起來比昨天的法式南瓜鹹派還好吃。」

「當然，因為我在收穫祭上相當嚴格地挑選了材料。」

「呀呵呵呵！而且也使用了我等提供的黃金成熟南瓜！肯定很好吃！」

十六夜挺著胸得意地呀哈哈笑著，傑克也挺著胸得意地呀呵呵大笑。

切開南瓜鹹派並負責分配的莉莉也把小盤子遞給一起列席的柯碧莉亞。

「來，這是小碧妳的盤子。」

「謝謝妳，Fox……多虧有妳在，我才能像這樣一起圍坐在餐桌邊。」

「沒……沒那回事！幫助妳的人是十六夜大人和耀大人。」

「並不是那樣。我實在很想回禮……然而很丟臉的是，現在這個身體就是我唯一的財產。要是有什麼我能幫上忙的事情就好了……」

柯碧莉亞把手放在胸前，似乎很困擾地垂下頭。

然而莉莉卻「唰！」地豎起狐耳，眼中綻放出光彩。

「那……我希望妳能把那個胸針賣給我！因為有個人很適合那個垂墜型的胸針，所以我想當成禮物！」

「可是Fox，那個胸針……如果真要標價，會是個還算高額的數字。因為那是以神木為材料的胸針。」

「嗚！」莉莉一時語塞。旁觀兩人對話的嘎羅羅這時伸出援手。

「真沒辦法，如果狐狸小姑娘願意的話，我可以幫妳準備工作喔。畢竟收穫祭上即使有再多人手也還不夠。」

「謝……謝謝您！」

莉莉「唰！」地豎起狐耳，接著她轉身重新面對柯碧莉亞。

「母親大人總是這麼說，『對於勤勞的成果，必須支付同等的報酬』。因為那個胸針是小碧妳製作的東西，要是我沒有給妳符合胸針價值的金錢，就會違背自家的家訓。」

嗯！莉莉握緊雙拳提昇幹勁。

柯碧莉亞有些靦腆地低下頭，不過還是以微笑做出承諾。

於是，法式南瓜鹹派被擺放到坐在餐桌上的每一個人面前。

當一群人合起雙掌準備開動的那瞬間——事態急轉直下。

「嗚哇啊啊啊啊啊啊啊啊！有失控的肌肉猛男啊啊啊啊啊啊啊啊啊啊啊！」

——嘿吼吼吼吼吼吼吼吼吼吼吼吼吼吼吼！

勇猛的吶喊聲在地下都市裡迴響著。

十六夜猛然停下把法式南瓜鹹派送到嘴邊的動作，對著柯碧莉亞送上冰冷的視線。

「……喂，那些肌肉猛男不是遊戲的一部分嗎？」

「你說笑了，那是被驅趕進追憶牢籠裡的某種存在之具體化身。」

「哦，意思是那些也跟妳同類囉？」

「……這真是有趣的笑話呢，Mister。就算是恩人，這種侮辱我也無法當作沒聽到。」

「那還真有趣，我正在想若有機會一定要見識一下永動機的力量。遊戲的名稱就叫作『收穫祭前夜~狩獵肌肉猛男 HARD 版~』之類如何？」

柯碧莉亞帶著苦澀表情點頭同意十六夜的提案。

原本正想品嚐法式南瓜鹹派卻僵住了的飛鳥和耀以滿心怨恨的表情嘆了口氣。

「這場遊戲……你該不會叫我們也得參加吧？」

「至……至少等我把法式南瓜鹹派吃完再……」

「別說蠢話了女性陣營，妳們當然也要上場。」

「可……可是……！」

十六夜一把抓住臨死還在掙扎的兩人衣領，以不耐煩的態度把她們拖到窗邊。

「因為不分古今東西異世界或外界，偉人們都曾經說過——

『天下沒有白吃的午餐』！」

語畢，十六夜就帶著兩人從大樹樹幹上跳進了肌肉猛男集團中。

暫且離題2

「嗚哇～……原來在人家不知道的時候，大家有這麼驚人的活躍表現啊。」

看完在「Underwood」的活動紀錄後，咬著配茶用餅乾的黑兔似乎很佩服般地發出感言。

雖然很可惜並沒有記載茶會的詳細內容，然而並不代表這就是最後一次吧。黑兔握起拳頭，決定自己下次有機會一定也要參加。

「不過，雖然只是權宜形式，但是居然能破解永動機……『人類最終考驗』(Last Embryo)其中之一，真的是前途讓人畏懼的才能。」

「哎呀！的確是如此！」

唰！一個嬌小的人影從黑兔頭部的上方落下。也不知道究竟來自何方，有個年幼少女突然衝進了黑兔懷裡。

嚇得豎起兔耳的黑兔因為突發狀況而驚叫出聲：

「白……白夜叉大人！您為什麼又變成小孩子的模樣？」

「哼哼！因為星靈並沒有實體，之前只是因為奉還神格並取回靈格時的反作用而稍微變成大尺寸而已。只要我有意願，想變成嬰兒或是美女還是女高中生都沒有問題。」

「是……是噢……」

白夜叉一臉得意，黑兔則回應得很冷淡。

她繼續搓揉著黑兔的胸部並重新在桌上坐下，先被打了兩三下之後才拿起報告書。

「永動機柯碧莉亞。銷聲匿跡後過了幾百年……萬萬沒想到居然是遭到『衰微之風』封印，難怪我完全掌握不到任何線索。」

「YES，人家還以為一定是和其他『人類最終考驗』一樣墮落成魔王了。」

「嗯，不過幸好在演變成那樣之前就解決了。萬一墮落成魔王，應該已經成為繼『閉鎖世界（Dystopia）』、『絕對惡（阿吉·達卡哈）』、『衰微之風（End Emptiness）』之後的新威脅吧。只有這點無論如何都要避免。」

兩人以嚴肅的神情面對彼此。白夜叉剛剛列舉的魔王們，無論哪一個都是成為魔王代名詞而受人畏懼的最古老魔王們。如果是能與其中之一相提並論的威脅，肯定非比尋常。十六夜他們偶然遇上的「衰微之風」也蘊藏著只要走錯一步說不定就會引起大慘劇的力量，最強弒神者之名絕非只是單純的別稱。

要說在下層有什麼夠對抗這些威脅的人物，那就是——

「……白夜叉大人，無論如何您都要回到上層嗎？」

「嗯，這是決定事項。雖然現在能像這樣擔任出色又可靠的美少女大人，然而畢竟『天動說』……我以前也是『人類最終考驗』的一份子。如果不隸屬於某處，說不定會打亂現行的天

體法則。」

「可……可是……沒有白夜叉大人您的加護，下層能夠繼續維持下去嗎？」

黑兔垂著兔耳，依然很不安地握起雙手。

白夜叉的加護就是如此地具備壓倒性。

東區之所以能夠隨時過著平穩的日子，也等於是因為有這位無可動搖的強大最古老魔王的威勢。失去這威勢的庇佑之後，光靠他們能夠守護這份平穩嗎？黑兔對這點實在非常擔心。

「……嗯，黑兔，妳過來這邊。」

白夜叉察覺到黑兔的這種不安，拉著她的手前往陽台。

接著白夜叉伸手指向逐漸西沉的夕陽，以從未有過的認真語氣來諄諄教誨著：

「妳聽好了，黑兔。看看那片晚霞吧。就像是沒有一天太陽能不日落，這世上也不存在著永遠的事物。這點對我『白夜』也是一樣，在這漫長的生涯中，我曾經敗北過三次。甚至連以永不西沉的太陽之身而獲得永久保證的我，也仍舊如此。」

「…………」

「第一次的敗北，讓世界分出了晝夜。第二次的敗北，太陽的區分被切離成三份……第三次的敗北具有決定性，因為『天動說（我）』的靈格本身受到了踐踏。哎呀～再麼說那次實在是很折磨人。」

白夜叉凝視著夕陽，強忍著笑意。接著坐在陽台欄杆上的她把手伸向黑兔頭頂，從兔耳上方溫柔地摸了摸黑兔的腦袋。

「太陽的加護並非永遠，然而也有受其恩惠守護孕育出的事物——那就是你們『No Name』，黑兔。」

「嗚……白夜叉大人……！」

「嘻嘻，不過話雖如此，但我播下的種子並非只有你們！『Salamandra』和『龍角鷲獅子』、還有『鬼姬』聯盟，以及在東區新就任的『覆海大聖』！只要再加上新銳的『No Name』，下層的和平可以說是獲得了保證吧！沒有任何事情需要擔心！」

白夜叉打開扇子哈哈大笑。

接著她握住黑兔的手，緩緩地浮上空。在升高到能眺望「No Name」領地的高度後，白夜叉以強而有力的笑容點了點頭。

「萬一出現前所未有的敵人，那時候要大家一起團結。你們走過的軌跡才是真正的恩賜。如果這些軌跡擁有真實不虛的光輝，那麼必定會成為貫穿魔王的最強武器。」

「我們的……軌跡是……？」

「嗯，對魔王來說，沒有比那更不合理的威脅。兼備勇氣和不屈的數量暴力真的很恐怖，這是過來人的保證所以不會有錯！」

「哇哈哈哈！」白夜叉發出很有魔王風範的笑聲。

黑兔也放鬆緊張，靜靜地接受了白夜叉的發言。

「ＹＥＳ！到了若有萬一的時候，『No Name』會率領東南北的共同體一起加油！」

「嗯！就是要有這份氣概！好啦，差不多該掉進送別會的會場了。」

「ＹＥＳ！時間也剛好，就來掉進送別會的……」

——掉？講到這邊，黑兔剛剛的興奮一口氣冷卻下來。

再度察覺到自身所處狀況的黑兔，俯視下方的送別會會場中心。

打算和白夜叉道別而聚集到此的人們把城鎮中所有能算得上空間的空間都全部填滿，從視野的這一端到另一端都製造出長長人龍愈聚愈多。

「這是本人白夜叉主辦的最後宴會！從現在開始，要來吃吃喝喝玩樂胡鬧整整七天七夜！準備好了嗎，黑兔！」

「等——請等一下！」

「才不等！」

「等一下！要掉下去嗎？真的是要掉下去嗎？那麼至少不要自由落體……」

「走吧啊啊啊啊啊！I CAN FLYYYYYYYYYYY——！」

白夜叉放手後，黑兔的慘叫在送別會的會場裡迴響著。

＊

——正如白夜叉的宣言，宴會毫無停息地持續了七天七夜。大小各異的共同體為了最後的致意而聚集至此，為別離而感到惋惜。

白夜叉一一慰勞那些共同體，同時還留下了和之前告知黑兔的言論相同的發言。

——糾集旗幟，團結為一吧！

這正是能戰勝不共戴天之威脅的唯一武器……最強的守護者留下這句話，之後便消失了蹤影。

後台下集預告!!
YES!
你們這些人……
可別死啊。
講的台詞！

那是我們要
世界？
第九集預定在夏季時期發售！

後記

嗯？恕不受理「怎麼又用這種方式來結束這一集！」之類的抱怨……這是在說謊對不起我有在反省真的非常抱歉！（跪地磕頭）

之所以會這樣，是因為在當初的預定中也有考量到要發售小說加上獨創劇情動畫的版本，因此本集原訂要作為短篇集推出。然而一方面在上一集中安排了那樣的結尾，結果卻要在途中插入短篇集，這種做法到底算什麼呢？就這樣，考慮很多之後的結果，我決定採用讓本集只使用一半篇幅來刊載本傳的形式。

至於在各方面都感到不滿足的讀者，如果能去閱讀預定在九月一日發售的角川スニーカー文庫二十五週年紀念精選集《S WHITE》上刊載的《問題兒童系列》的短篇，然後等待著下一集，在下會感到非常高興。（註：此指日本時間）

下一集！這次真的會！讓故事有大大大大幅度的進展，還請各位期待。

那麼，在初冬時期再相會吧。（註：此為日本版狀況）

竜ノ湖太郎

後記

※〈異鄉人的茶會〉以及〈莉莉的大冒險～偉人說：「天下沒有白吃的午餐。」～〉是原本刊載於「ザ・スニーカーＷＥＢ」網站，並在收錄進文庫時加以修改的作品。

Kadokawa Light Novels

不完全神性機關伊莉斯 1~2 待續

Kadokawa Fantasti Novels

作者：細音 啓　插畫：カスカベアキラ

把伊莉斯交給我吧。
你根本沒能力扶持不完全神性機關！

好不容易撐過定期測驗，凪受班上同學之邀前往海邊。享受著海洋風情的眾人，在那裡認識了一位名叫莎拉的少女。備受眾人照顧的她，和凪獨處的時候卻忽然大叫「閉嘴，愚民」，並顯露出本性來——人企圖獲得伊莉斯的少女，其真正身分和目的究竟是!?

台灣角川

各NT$180/HK$50

國家圖書館出版品預行編目資料

問題兒童都來自異世界？. 8, 暴虐的三頭龍 / 竜ノ湖太郎作 ; 羅尉揚譯. -- 初版. -- 臺北市 : 臺灣角川, 2014.02
面； 公分
譯自 :問題児たちが異世界から来るそうですよ?: 暴虐の三頭龍
ISBN 978-986-325-783-7(平裝)

861.57 102026199

Kadokawa
Fantastic
Novels

問題兒童都來自異世界？ 8
暴虐的三頭龍

（原著名：問題児たちが異世界から来るそうですよ？暴虐の三頭龍）

2014年2月4日　初版第1刷發行
2021年3月26日　初版第10刷發行

作　者：竜ノ湖太郎
插　畫：天之有
譯　者：羅尉揚

發行人：岩崎剛人
總編輯：蔡佩芬
主　編：朱哲成
美術設計：宋芳茹
印　務：李明修（主任）、張加恩（主任）、張凱棋

發行所：台灣角川股份有限公司
地　址：105台北市光復北路11巷44號5樓
電　話：（02）2747-2433
傳　真：（02）2747-2558
網　址：http://www.kadokawa.com.tw
劃撥帳戶：台灣角川股份有限公司
劃撥帳號：19487412
法律顧問：有澤法律事務所
製　版：尚騰印刷事業有限公司
ISBN：978-986-325-783-7